文訊叢刊㉑

苦難與超越

——當前大陸文學二輯

行政院大陸委員會策劃

文訊雜誌社主編

編輯報告

■李瑞騰

一、民國七十七年五月，我們曾經舉辦過「當前大陸文學研討會」，會後且出版《當前大陸文學》一書（同年七月），備受肯定。但由於「大陸文學」極其複雜，很難鉅細靡遺加以討論，而且有關文學的現象層出不窮，需長期觀察，所以我們有計劃進行更翔實的資料蒐輯及進一步的研討。

二、行政院大陸委員會於民國八十年一月成立，設文教處，處長龔鵬程先生希望能和民間有關的機關團體合作舉辦各種學術活動，目的在更廣泛而且深入地認識大陸，於是我們向陸委會提出共同舉辦研討會的計劃，獲得同意並支援所有經費，終於決定在今年六月二十二日舉行同名的研討會，發表五篇論文，並安排一場座談會。

三、會議進行一天，台灣師範大學文學院王熙元院長主持開幕式，行政院陸委會黃昆輝主任委員、執政黨中央文化工作會祝基瀅主任以貴賓身份致詞；論文發表會計分兩場，上午由行政院文建會第三處余玉照處長主持，發表周玉山、張子樟、陳信元三位先生的論文，分別特約徐瑜、陳愛麗、楊昌年三位先生討論；下午由輔仁大學中文系林明德教授主持，發表呂正惠、黃德偉兩位先生的論文，分別由馬森、李瑞騰兩位先生擔任特約討論；座談部分以「我的大陸文學經驗」為題，聯合報副總編輯、名詩人瘂弦先生主持，尼洛、秦賢次、焦桐、洛夫、黃文雷五位先生引言（洛夫先生因故不能出席，由李瑞騰代為報告）；閉幕式由時任淡江大學西洋語文研究所所長的陳長房先生主持，龔鵬程處長以貴賓身分致詞，大約有近百位女士先生參加了這一次的研討會，座談會的發言極為熱烈。

四、本書編排依會議進行方式，論文及座談引言以外的文字，係由錄音整理，記錄者是中央日報副刊編輯張堂錡先生，標題則是本社編輯所訂，旨在整體呈現研討會實況。書名「苦難與超越」，一方面表示當前大陸文學的內質及其所對應的社會和人民之處境，同時也說明它的存在意義，以及我們對它的期待：超越苦難，走向和平、幸福的理想之境。

五、當前大陸文學是中國五四以降新文學傳統的一部分，其所對應的正是大陸文革以後所謂「新時期」的歷史發展，不論是站在文學立場，或是兩岸文化交流的現實考慮，我們都有必要長期觀察，以學術的觀念和方法去分析和討論，提出合理的詮釋。但過去我們顯然做得太少，需要努力的地方太多，誠盼我們所舉辦的兩次研討會及其結集，可以促使相關的研究在質和量上都有所進展。

目錄

開幕式

文學是人類心靈、情感的最佳反映，
在文學中可以聽出最眞實的時代聲音、社會脈動，
藉由大陸文學作品的探討，
可以促進兩岸人民對民族文化藝術的了解，
因此「當前大陸文學研討會」的召開，
實深具意義。

主席致詞

透過文學作品，了解大陸社會

◉王熙元 台灣師範大學文學院院長

回顧近代的中國歷史，幾乎一直都在動盪、變亂之中，自清末國民革命，推翻滿清，中華民國成立，至民國十五年的北伐，二十一、二年的九一八、一二八事變，再到七七抗戰，不論是對內、對外，戰爭一直沒有停止，因此造成國內局勢的動盪，民國三十八年，大陸赤化，台灣海峽將中國阻隔成兩個地區。

四十年來，海峽兩岸在不同的政治體制、生活方式下，兩岸人民是相互隔離的，直到最近，才開始互動、交流。「文訊」雜誌長期以來所關懷的是當代文學，因爲文學是人類心靈、情感、人性的最佳反映，在文學中可以聽出最眞實的時代聲音、社會脈動，因此，文訊雜誌在當代文學的收集、整理、探討、研究上，做了很多努力，這次會議的召開，則是希望能對大陸文學有更進一步的認識。

過去我們也讀過一些大陸作家撼動心弦的作品，如「北京最寒冷的冬天」、「苦戀」、「上海生與死」等等，大陸同胞所受的苦難，的確令人同情。我們透過文學作品的探討，可以更了解大陸社會數十年來所反映的現象，以供文學研究的參考。

今天的會議，上、下午各一場，合計發表五篇論文。另外，主辦單位特地安排了一場「我的大陸文學經驗」座談會。相信透過這樣的討論、座談，大家對當前大陸文學的現況將更能掌握住。

文化藝術交流，促進民族統一

貴賓致詞

◉黃昆輝 行政院大陸委員會主任委員

文化、學術交流，是今後大陸工作的重點之一。我始終認爲，文化藝術的交流，可促進兩岸人民對民族文化藝術的了解，也可讓大陸同胞了解台灣眞正是在傳承、發揚中華文化，因此，對大陸文學加以探討，我覺得深具意義。

從七十六年底開放民衆赴大陸探親以來，無論是深、廣度都日益頻繁，這是不爭的事實，而且將來還會繼續增加。據我的了解，至今年四月底，台灣地區民衆經指派前往大陸參加各種國際會議、活動的有一千一百多人，民間團體或文化機構代表到大陸的也有一百四十三人，而我們邀請大陸有關人士來訪的也有三百五十多人，而且人數正不斷增加。我們堅信，透過學術、文化交流，是奠定國家統一的最根本途徑，因此，今天的會議可說是有益於民族統一的鋪設工作。

在追求民族統一的過程中，我們也不要忘記，中共迄今仍無善意的回應，反而以更强硬的手段來打壓我們在國際上的生存空間，消滅我們的國際人格。他們堅持「一國兩制」，要求先領土統一，再制度統一，揚言井水不犯河水，其實不然。他們强調的「和平統一」，是「以戰逼和」，不放棄武力犯台，是「以民逼官」，對赴大陸的民衆採低姿態地招呼，使其無法對中共的政權眞實的一面有所了解；是「以商圍政」，鼓勵投資，但最近獲知，赴廣東、福建投資者，百分之七十都虧本，只是消息被封鎖，有些人遂仍盲目地投資，將來他們便會被利用，包圍政府，形成施政壓力；最後是「以通促統」，希望加速「三通」，但「三通」在我們的「國統綱領」中是屬於第二階段，第一階段是兩岸消除敵意，加强互惠交流，中共卻想直接進入第二階段，藉「三通」來促進統一。

我認爲，在努力促進中國統一之際，千萬不可爲統一而統一，應爲創造兩岸人民福祉而統一，若不能改善兩岸人民的生活，這種統一毫無意義。我接陸委會不久，未能向諸位請教，剛好可藉此機會聆聽各位的高見，希望大家能多支持、鼓勵。

貴賓致詞

◉祝基瀅 執政黨中央文化工作會主任

擴大觀察角度，深入大陸現勢

很高興有這麼多文學界的菁英、教育界的領袖來齊聚一堂，共襄盛舉。由「文訊」主辦這場研討會，我覺得是非常恰當的，過去幾年，「文訊」曾出版了大陸探親文學的書，在六四天安門事件之後，也出版了運動原始文件實錄，在雜誌上更是經常介紹大陸當代的文學作品。

今天我們在此探討大陸當前的文學，因爲時間有限，無法採取宏觀、細觀的角度來分析、討論，但我認爲，我們不僅要從文學立場去研討，也要從社會學、政治學、心理學、經濟學等不同立場去觀察，才能更爲深入地認識大陸的現勢。

從一九四九年中共政權建立以來，歷經三反五反、三面紅旗、大躍進、文革及文革後的四個堅持、四個現代化，直到天安門事件，其所展現出不同時代的文學，相信是各位深感興趣的。

正如黃主任委員昆輝所言，我們不要忘了大陸政策，必須基於台灣地區兩千萬同胞的意願，以及國家統一的終極目標，而「一國兩制」不僅不符合台灣地區同胞的意願，也不符合大陸同胞的意願。我們之所以堅持要在自由、民主、均富的前提下，完成中國統一，是因爲自由、民主、均富乃是兩岸中國人民所共同追求的目標。在這樣的共識下，我們來探討大陸文學，了解他們的心聲，對中國統一的大業必然大有助益。

（**張堂錡記錄整理**）

第一場論文發表會

政治影響文藝，
幾乎是共產社會必然的現象，
八四年以後，
大陸作家力圖擺脫政治的包袱，
找尋屬於自己的鄉土、文化、社會、心理的反映。

第一場主席致詞

以宏闊的胸襟，內外統合探索

◉余玉照 行政院文建會第三處處長

我們都知道，大陸文學研究是極其嚴肅、重要的工作，「文訊」在三年前曾舉辦一場成功的「當前大陸文學研討會」，三年之後的今天，又再度舉辦相同主題的研討會，足見相關單位對此一議題的重視。我們舉辦大陸文學的研討會，應該秉持非常宏闊的胸襟與觀點來探討；文學研究若以概括的區分法來說共有兩大研究範疇，一是透視文學的內在價值，即以文學本身當做自足的存在實體，另一則是研究文學的價值。剛才祝主任提到，除了文學作品本身的研究之外，我們還可以從社會、政治、經濟、文化、思想等各種不同角度去觀察，這顯示出寬廣的視野。如果我們能從各個不同層面好好研究大陸文學，相信對推動兩岸文化交流可以做出更具體、重大的貢獻。

論文①

大陸文學作品中政治的顯與隱

◉周玉山　政治大學國關中心副研究員

一、前言
二、政治的强顯——以「傷痕」爲例
三、政治的次顯——以「苦戀」爲例
四、政治的漸隱——以「棋王」爲例
五、結論

一、前言

共產主義是一種意識形態，文學則爲所有意識形態中最引人入勝的一環。拿破崙在前線督戰時，猶隨身攜帶「少年維特之煩惱」，並以武人的身分，道出「筆勝於劍」這句千古名言，可見文學實具不可思議的力量。

中共在有延安根據地之前，已於文藝戰場上先操勝券，一九四九年大陸之赤化，三十年代文人亦有功焉。毛澤東對他們最後的報答卻是文化大革命，造成萬馬齊瘖，百花凋零，甚至千萬人頭落地。一九七六年九月，毛澤東終於去世。次月，華國鋒逮捕了四人幫，象徵文革的告終。一九七七年八月，中共召開十一全大會，正式宣布文革結束，並展開揭批四人幫的運動。一九七八年十二月的十一屆三中全會起，華國鋒漸被架空，中共進入鄧小平時代，以迄於今。本文即就文革結束後的大陸文學代表作加以析論，以明其與政治的關係。

二、政治的強顯——以「傷痕」爲例

四人幫覆滅後，追述文革罪惡的傷痕文學在大陸流行起來，一連串的名詞如暴露文學、浩劫文學、社會主義悲劇文學等，都被視爲傷痕文學的同義語。社會主義原帶慈善性質，社會主義者原本是悲天憫人的道德家，中共領袖的表現似與此相反。但中共自稱實行社會主義，卻承認在其統治下有悲劇存在，就是此一詞的可取處，因爲自馬克思以降，共產黨人從未料及，在他們理想中或實行下的社會主義，也會造成悲劇。

對社會主義社會產生悲劇的原因，大陸學術界曾集會討論，提出四種不同的看法：1.階級、階級矛盾和階級鬥爭的存在，是社會主義時期產生悲劇的重要原因。2.社會主義制度本身不健全，如缺乏社會主義民主、法制不健全、官僚主義等，都有可能造成悲劇。3.對於無產階級專政下的繼續革命缺乏經驗，主觀認識違背客觀規律，如實行某些錯誤的方針、政策，會造成悲劇。4.舊思想意識的存在、愚昧無知、不學無術，也是產生悲劇的原因（註①）。我們若從傷痕文學的作品內容觀之，可知上述四種原因是並存的。在此尤須指出，中共統治下的悲劇不自文革始，早在延安時期，就有王實味、丁玲和蕭軍等人的抗議文學出現，數十年來，大陸作家身心和筆下的傷痕也從未中斷過，只是文革造成的傷害最多也最大而已。

中國文學史上不乏悲劇作品，孔子說詩可以興、觀、羣、怨，怨就是抒發幽怨，離騷中也有「長太息以掩涕兮，哀民生之多艱」一類的沉痛語，降至晚近，魯迅亦自謂其文字多憂憤之作。但是，中國任一時代的悲劇都不如中共所造成者，中共控制了人民的生活與思想，此種權力無所不在的統治，非歷史上民不聊生的情況所能比擬。傷痕文學多少透露共產黨的統治，是建立在欺騙、殘暴與恐怖上。不過，中共總想把它限定在文革十年內。

現以盧新華的「傷痕」爲例。一九七八年八月十一日，這篇小說在上海「文匯報」刊出後，「忽如一夜春風來，千樹萬樹梨花開」，大陸文壇出現大量類似背景的作品，傷痕文學一詞也由此而來。該文描述女兒與「叛徒媽媽」劃清界線後，生離死別的經過。主人翁王曉華在十六歲時就懷恨出走，遠赴遼寧鄉下落戶當農民，與母親睽違九年，最後她終於排除心中的萬難，回到老家，卻只能一睹母親的遺容。母親瘦削、青紫的臉裹在花白的頭髮裡，額上深深的皺紋中隱映著一條傷疤，眼睛則半睜著，莫非死不瞑目。「媽媽！媽媽！媽媽……」她用一陣撕裂肺腑的叫喊，呼喚那久未呼喚的稱謂，並猛搖母親的臂膀，可是，再也沒有任何回答。

中共肯定「傷痕」的用意，卻不在鼓勵親情，而在揭批四人幫。小說的結尾更有一段直露的文字，可視爲通行證：「我一定不忘華主席的恩情，緊跟以華主席爲首的黨中央，爲黨的事業貢獻自己畢生的力量（註②）！」這段多餘的話不免破壞了小說的藝術價值，但也告訴世人，大陸文學中的政治尺度何在，以及作家發表文字時，多麼需要保護色。待華國鋒下台，「小平，你好」之類的作品就隨之登場了。傷痕文學推出於四人幫初敗之時，文革遺風猶在，政治用語遍布，似乎非如此不足以過關，原本眞摯的感情不免犧牲，而爲新的黨中央所不惜。

盧新華接受海外來人的訪問時指出，他想刻畫一個人，被四人幫搞得痲木了，彼等下台後心有餘悸，拿起通知書還不相信，連作夢時仍在想，仍懷疑母親的歷史問題，否則就可以早幾天回去看到母親了。他這樣處理的目的，是要讓讀者知曉，四人幫極左思想怎麼在主人翁的腦中作怪（註③）。其實，早在四人幫當政前的一九五七年，就有許多類似的悲劇發生。巴人在「論人情」中坦言，有些青年朋友，出身資產階級或地主家庭，在土改和三反五反運動時期，爲了向地主或資本家的父兄劃清界線，幾乎採取了同一戰略戰術：斷絕家庭的來往。不管父兄怎樣來信訴苦，一概置之不理，以表自己立場的堅定。即使運動結束，父兄又接受改造，仍然不理，甚至生活困難，也不願給半個錢。但他們內心並非全然如此，有時也會想起父兄的愛撫，以致偷偷下淚，想寫信探問消息，又恐組織懷疑他們，被指爲失掉立場（註④）。由是觀之，中共拆散家庭、破壞親情的說法，畢竟不虛。

時隔二十餘年，「傷痕」的情節與巴人所述何等雷同。盧新華强調，每個時期的文藝，都有其特定的歷史環境，大陸有文革和四人幫，這在中外歷史上都找不到，值得總結。在四人幫作祟十年後，對文藝有特定的要求，他就在這個思想基礎上開始構思。由此可見，巴人的舊語並未影響到盧新華，兩人不約而同提到「階級敵人」子女的遭遇，實爲馬列主義的制度所致。傷痕文學中强顯的政治色彩，也因此不利於任何堅持四項基本原則的統治者。

三、政治的次顯——以「苦戀」爲例

四人幫下台後，中共當局爲了轉移民憤，以示自己有別於前凶，乃一度允許大陸各地設立民主牆，並鼓勵追述文革罪惡的傷痕文學出現。結果此類文字有沛然莫禦之勢。在內涵上也不以控訴四人幫爲限，即以前述的「傷痕」爲例，就間接指陳了反右鬥爭的錯誤。中共驚惶之餘，乃自毁承諾而加以阻擋。一九七九年十月，鄧小平在第四次「文代會」上的部分論調，即與四人幫無異：「我們要繼續堅持毛澤東同志的文藝爲最廣大的人民羣衆，首先是爲工農兵服務的方向（註⑤）」周揚也在同一會場表示，大陸人民的傷痕，以及造成傷痕的幫派都客觀存在，因此作家無法粉飾，但他不贊成以自然主義的精緻方式加以反映，以免造成不利的思想和情緒。由此可知，中共推許傷痕文學實爲一時之計，無意予以全面肯定。

一九八〇年二月，當時尚爲鄧小平親信的胡耀邦，在劇本創作座談會上重申，文藝表現馬列主義和毛澤東思想，並點名譴責沙葉新的「假如我是眞的」。此言一出，該劇旋遭禁演。一九八一年二月和三月，中共中央相繼下達第七號和第九號文件，前者針對文藝界而發，命令作家要在馬列主義和毛澤東思想指導下，批判鼓吹錯誤思潮的作品，同時必須接受共產黨的領導，「無條件地同中央保持政治上的一致，不允許發展與中央路線、方針、政策相違背的言論。」後者則授權高級幹部，可以逮捕民主運動人士，扣押地下刊物，對於反黨、反社會主義的活動分子「不能手軟」。傷痕文學至此，正式被中共封殺了。

稍後的一九八一年四月，「解放軍報」即公開批鬥白樺的劇本「苦戀」，「人民日報」、「北京日報」、上海「解放日報」以至「紅旗雜誌」，都加入圍剿的陣營。七月十七日，鄧小平親口質問：「『太陽和人』，就是根據『苦戀』拍攝的電影，我看了一下。無論作者的動機如何，看過以後，只能使人得出這樣的印象：共產黨不好，社會主義制度不好。這樣醜化社會主義制度，作者的黨性到那裡去了呢（註⑥）？」八月三日，胡耀邦也在思想戰線問題座談會上表示，「苦戀」不是一個孤立的問題，類似脫離社會主義的軌道、脫離共產黨的領導、搞自由化的言論和作品不止一端，「對這種錯誤傾向，必須進行嚴肅的批評而不能任其氾濫」（註⑦）。凡此用語，幾與「解放軍報」全同，白樺因此被迫自我批評。九月，他寫了書面檢討，但未獲通過。十月，鄧小平親令批判「苦戀」的文章在「文藝報」發表，「人民日報」奉命轉載，白樺終於公開向中共認錯與致謝。鄧小平此舉令人想起五十年代毛澤東授意下的交心運動，兩者如出一轍，都是共產黨「不殺身體殺靈魂」的傑作。

「苦戀」的原稿是長篇電影詩，先在香港「文匯報」發表。一九七九年四月，白樺與彭寧合作，將它改編成劇本，刊於該年第三期的「十月」雜誌。劇中的男主角凌晨光是一位畫家，在美洲獲致很高的成就，「解放」後放棄舒適的國外生活，帶著新婚妻子返回大陸。在船上，女兒星星誕生，同時他們也認識了詩人謝秋山夫婦。文革期間，凌晨光一家被掃地出門，搬到牛棚式的小屋裡，謝秋山夫婦也分別下放勞動。一九七六年清明節，凌晨光在天安門廣場張貼「屈原天問」的巨畫，被拍了照，於是只有逃亡。途中遇到同被迫害的歷史學家馮漢聲，後者爲了替他尋覓畫具而先行離去。十月，馮帶人來找他，他卻以爲追兵趕到，拚命逃走，最後凍死在雪地上。

白樺在劇本的開端，引用屈原的「路漫漫其修遠兮，吾將上下而求索」。魯迅在「徬徨」的扉頁上，也引此句，論者以其兩本小說的書名相提，形容他的思想歷程是「始於吶喊，終於徬徨」（註⑧），允稱貼切。凌晨光在逃亡途中困凍潦倒，死前內心的吶喊與徬徨不知凡幾。白樺這樣描繪畫家的遺體：「晨光蜷伏在雪原上，兩隻手盡量向天空伸去，他最終也沒有力量把手伸得很高，但我們可以看出他曾經做過這樣的努力……他的眼睛沒有閉，睜著，靜止地睜著……」（註⑨）死不瞑目這一幕，正與「傷痕」中的母親相同。大陸知識分子因爲愛國家而愛中共，結果不得善終，心有不甘可知。

凌晨光後來蓬頭垢面，不但活吞生魚，而且和田鼠爭食，挖掘藏在洞裡的生麥粒。他所以落此地步，全部的罪過只是愛國。他行吟澤畔，一如屈原，但屈原是自我放逐，他卻被迫逃亡。「苦戀」男主角的出身和若干情節，正與「皇天后土」相類。中共曾在香港阻止「皇天后土」上演，又在大陸查禁「苦戀」，只因兩劇都說了實話：在中共的統治下，大陸回到過原始時代，有人被折磨成原始人。「苦戀」更指出，有人至死都在問「爲什麼」？當直昇機逐漸降落，雪原上的問號越來越大。「一個碩大無比的問號，原來就是晨光生命的最後一段歷程。他用餘生的力量在潔白的大地上畫了一個『？』，問號的那一點就是他已經給冷卻了的身體（註⑩）。」這不免被視爲懷疑「社會主義的優越性」，暗示未來的光明仍有可議處，因此難逃整肅。

白樺在劇中又多次安排雁陣出現，例如最後提到，雁陣排著「人」字，緩緩飛來，形成鋪天蓋地的「人」字，又漸漸遠去了，消逝在天際。一個自豪的聲音輕輕唱著：「啊……歡歌莊嚴的歷程，我們飛翔著把人字寫在天上；啊！多麼美麗！她是天地間最高尚的形象。」這種天空的象徵，其意何指？雁羣陣陣，自由去來，它們把人的尊嚴和理想寫在天空。對於大陸上的芸芸衆生來說，抬望眼就看到一個不可即的夢。「天國不是我們的，自由也不是」，白樺心中不是這樣說嗎？

四、政治的漸隱——以「棋王」爲例

中共立意封殺傷痕文學後，大陸作家退而省思，由否定文革爲起點，探索民族文化的淵源與出路，不數載即蔚爲尋根文學的大觀，可謂絕處逢生。部分作品不言反共而自然反共，在藝術價值上更躍昇爲民族文學的精品，鍾阿城的「棋王」堪稱代表作。

文革爆發之際，阿城年僅十七，就到山西農村插隊落戶，飽嘗「修補地球」的艱辛，後來轉赴內蒙，終在雲南定居。他的下放經驗，成了「棋王」系列小說的絕佳背景。果眞是「文革百害，惟利一家」？許多作家刼後思痛，奮不顧身，寫出知識青年的酸楚，廣大同胞的悲情，這是廣義的傷痕文學，未隨當權者的指揮棒起舞，阿城更以深刻的文化思考，澎湃著無數喜怒哀樂的心靈。

阿城的妙手頗難歸類，清雋孤峭如魏晋文筆，又隱隱有魯迅風；心思細密如白先勇，又有一些水晶先生的意識流。雖然如此，他仍是文學上的發明家，字字句句段段篇篇皆爲獨創，巨筆不著斧痕，淡描出豐腴來。「棋王」的主人翁王一生是下放知青，長期處於餓瘦狀態，乾縮的飯粒使其眼中有了淚花，走路時衣裳晃來晃去，褲管前後盪著，「像是沒有屁股」。衆人偶爾開葷，出了飯館就覺得日光搖眼，「竟有些肉醉」。在頓頓飽就是福的斯土，小說的結尾卻道：「衣食是本，自有人類，就是每日在忙這個。可囿在其中，終於還不太像人（註⑫）。」這種心物合一的人生觀，正符合文化的現代定義。文化原與自然相對，泛指一切人爲的表現，是一種事實的陳述。文化要發展要某一階段，才能稱爲文明。文明與野蠻相對，是一種價值的判斷。時至晚近，文化則被視爲一個複合體，包括知識、信仰、藝術、道德、法律、風俗，和一切人類社會的能力與習慣。準此以觀，文化涵蓋精神與物質生活，而以前者爲重。阿城身爲作家，心心念念在文化的傳承，自然强調精神層次了。

阿城自一九八四年起寫小說，七月發表「棋王」於「上海文學」，結果一舉成名，獲得該年大陸優秀中篇小說獎，繼寫「樹王」、「孩子王」等，也各擅勝場。依阿城的經驗，藝術是一種勞動，一定要用「狀態」去完成，狀態不佳時，最好不要寫。它應該是平緩的，只有放鬆了，才能達到最大的成功。許多人說「棋王」裡的車輪大戰如何緊張，他卻一筆一劃，慢慢寫出，那是一種充實深厚的安靜，他從其中得到最大的愉悅（註⑬）。由此可知，緩進是他的創作態度，從容造就了他的意趣，「棋王」也因此耐久。

棋王出身寒微，小時候隨母親幫印刷廠疊書頁，看到一本講象棋的書，讀出興味來，於是學以致用，往往忘食。唸到初中一年級，母親就死了，臨終前取出一副棋送他，原來是他撿拾人家的牙刷把，辛苦磨成，光賽象牙。後來，他遇到一位撿爛紙的老者，講起棋道似陰陽之氣，相游相交，初不可太盛，太盛則折。若對手盛，則以柔化之，但要在化的同時，造成剋勢。柔不是弱，是容，是收，是含。含而化之，讓對手入自己的勢，這勢要自己造，需無爲而無不爲。無爲即是道，也就是棋運之大不可變，變就會輸。棋運不可悖，但每局的勢要自己造。棋運和勢既有，就可無所不爲了。中國的道家講陰陽，這是易經所說的立天之道；至於柔與剛，易經稱爲立地之道。凡此天地之道，用於棋術，無非重視布局。棋王得此調教，也就無往不利了。

小說的高潮，自是棋王的力戰羣雄。到了棋場，竟有數千人圍著，看他同時和九個人交手，結果一一擺平，包括了地區的冠軍。這位老者最後朗聲道：「你小小年紀，就有這般棋道，我看了，匯道禪於一爐，神機妙算，先聲有勢，後發制人，遣龍治水，氣貫陰陽，古今儒將，不過如此。老朽有幸與你接手，感觸不少，中華棋道，畢竟不頹，願與你做個忘年之交（註⑭）。」棋王獲此殊榮，在衆人的簇擁中回到宿舍，猛然「哇」一聲吐出黏液，接著哭喚亡母。此情此景，充分點明了即使在文革時期，爹親娘親，終究比毛澤東親，中華孝道，畢竟不頹。

小說通篇沒有腥風血雨，但見情感流動。對當道的不滿，只是透過曲筆，描述人民的飢餓，以及書記的需索。後者開口所求，也不過是文雅的字畫。正因如此，小說跳脫了政治的直接使命與壓力，還原到文學的定義來。文學是哲學的藝術化，哲學爲裡，藝術爲表；哲學爲骨，藝術爲肉。「棋王」展現了表裡如一，骨肉相連的風貌，宜乎內外傳誦了。

五、結論

文學本來就是一種抗議，紅樓道情，黑奴籲天，一支不吐不快的筆，直欲寫盡胸中的悲悵，人世的無常。抗議的對象，或爲自身，或爲他人，或爲社會，或爲時代，只要情到深處，每能蔚爲共鳴。文學往往始於孤寂，終於同感，是作家的自我完成，也是讀者的依戀之鄉。

在大陸，文學成爲政治的寒暑表，敵對者共同的武器。一場長達十年的浩劫，就是從批判新編歷史劇「海瑞罷官」啓其端的。揭發四人幫的罪惡時，傷痕文學也扮演了重要的角色。由此可知，大陸文學不僅載運思想，而且攸關政治。文學是有情者的事業，政治是無情者的事業，以有情對無情，能不失望者幾希？尤有甚者，政治原爲一門藝術，若干執政者卻是藝術的門外漢或摧殘者，對作家既低視又高估，既拉攏又威嚇，終致懼悵交加，防範唯恐不周，撒網唯恐不密，結果犧牲了文學，政權未必無憂。古今中外的暴政史，多可支持這項論點；古今中外的文學史，也常屬掙脫暴政的思想自由史。

毛澤東曾經坐收三十年代文學的成果，後來卻受到三十年代作家的反彈，可謂天道好還。一九六二年九月二十四日，他在中共八屆十中全會上有感而發：「現在不是寫小說盛行嗎？利用寫小說搞反黨活動是一大發明。凡是要想推翻一個政府，先要製造輿論，搞意識形態，搞上層建築。革命如此，反革命也如此（註⑮）。」此處所謂搞反黨活動的人，其實原先多屬他的支持者，例如「苦戀」的作者白樺。十月革命後，俄國文學家盧那察爾斯基寫一劇本，名爲「解放了的唐吉訶德」，敍述賽凡提斯創造的這位老武士，曾經奮力解救被囚的革命派，可是革命成功後，他又反對那羣爲目的不擇手段的仁兄（註⑯）。這種「我贊成你們，也反對你們」的態度，取決於革命派本身的行爲。一九四九年以後，中國的唐吉訶德們或秉筆直書，或曲筆諷喻，向一個封建的絕大風車挑戰。此舉並未因文革的落幕而結束，反呈越演越烈之勢，忙壞了風車的主人，以及奉命吆喝的豪奴，不肯重修的風車終將腐朽，代有傳人的唐吉訶德有後望焉。

純就文學的角度來看，則上述作品中政治的顯與隱，大致和其藝術的價値成反比。「傷痕」呈現簡單的暴露與歌頌，病在政治的過分涉入，削弱了文字和情節的美感。相形之下，「苦戀」就漸入佳境，而「棋王」更上層樓了。三篇代表作的共同點，則在親情友愛皆獲肯定，人道主義貫穿其間，中國新文學史上的寫實主義，重新成爲大陸文壇的主流，而所謂社會主義的寫作路線，已被良心作家們越拋越遠了。

註釋：

①一九七八年十二月十四日至二十六日，中國社會科學院外國文學研究所和華中師範學院，聯合舉辦「馬列文藝論述學術討論會」，參與討論的一百五十多位代表，來自大陸二十六個省市和自治區，探討了馬列主義經典作家論現實主義、論作家的世界觀和創作方法的關係，以及論悲劇等理論問題。見「華中師院學報」，一九七九年第一期，一九七九年二月出版，一一四頁。

②盧新華：「傷痕」，收入盧新華等著：「傷痕——中國大陸小說選」，台北幼獅文化事業公司，民國七十一年七月初版，一四頁。

③張華訪問、李黎整理：「訪『傷痕文學』的開拓者」，香港「動向」月刊，一九七九年九月出版，四九頁。

④引自鄭直等選註、高上秦主編：「中國大陸抗議文學」，台北時報文化出版公司，民國六十八年九月修訂一版，一一四頁。

⑤鄧小平：「在中國文學藝術工作者第四次代表大會上的祝詞」，人民日報，一九七九年十月三十一日。

⑥鄧小平：「關於思想戰線上的問題的談話」，收入「三中全會以來重要文獻選編」，中共中央文獻研究室主編，

北京人出版社出版，吉林人民出版社重印，一九八二年八月第一版，一九八二年九月吉林第一次印刷，下册，八七九頁。

⑦胡耀邦：「在思想戰線問題座談會上的講話」，收入「三中全會以來重要文獻選編」，同註⑥，八九八頁。

⑧司馬長風：「中國新文學史」上卷，香港昭明出版社，一九七六年六月再版，二四〇頁。

⑨白樺：「苦戀」，收入白樺等著：「苦戀——中國大陸劇本選」，台北幼獅文化事業公司，民國七十一年七月出版，八六頁。

⑩同註⑨，八六頁。

⑪同註⑨，八七頁。

⑫鍾阿城：「棋王」，收入周玉山主編：「鍾阿城」（當代世界小說家讀本㊿，台北光復書局，民國七十七年一月初版，五三頁）。

⑬葉穉英：「家學淵源又深自沉潛——看看阿城這個人」，收入周玉山主編：「鍾阿城」，同註⑫，三七頁。

⑭同註⑫，五二頁。

⑮毛澤東：「在八屆十中全會上的講話」（一九六二年九月二十四日），收入「毛澤東思想萬歲」第一輯，一九六九年八月編印，中華民國國際關係研究所複製，一九七四年七月出版，四三六頁。

⑯此劇中的唐吉訶德面告革命派：「現在你們的監獄可裝滿了爲著政見而被監禁的人。你們的那些人，都在流著自己和別人的血。你們有的是死刑和正法。所以，我這個老武士不能夠不出來反對你們。因爲現在你們是強暴的人，而他們是被壓迫了。」「我預先告訴你們：我只要看見有被壓迫者，就算是被你們所壓迫的，就算是用一種新的正義的名目來壓迫的——其實這種新的正義也不過是舊的正義的同胞姊妹——那我就一定要幫助他們，像以前

幫助過你們一樣」。唐吉訶德同時思索著：「我的良心講什麼？良心動搖了？不！它說：反對他們吧，因爲他們不人道。」此劇的主旨，即在强調人道主義的精神，見盧那察爾斯基：「解放了的唐吉訶德」，收入「瞿秋白文集」（四），人民文學出版社，一九五四年二月北京第一版，二一三八頁。

特約討論

文學尋根熱鬧，政治影響淡化

◉徐瑜 政治作戰學校教授

政治對文藝政策的影響，我不必多言，因爲這幾乎是共產社會必然的現象。周玉山先生以「傷痕」、「苦戀」、「棋王」三篇小說來說明大陸文學作品所呈現的政治三階段，這種分劃，相當妥切。「傷痕」和「苦戀」過去已經談了許多，所以我想針對「棋王」以後的發展情況做一點補充。

大致上，自八四年「棋王」發表以後，「尋根文學」形成熱潮，這些所謂的「尋根」作家，包括鍾阿城、賈平凹、韓少功等人，都力圖擺脫政治的包袱，找尋屬於中國自己的鄉土、文化、社會、各種心理狀態的反映。一九八五年七月，即「棋王」發表後一年，中共「作協」的機關報「文藝報」訪問鍾阿城，他說：「以我的看法，『棋王』還不入流，因爲它還未完全進入筆者所認知的中國文化，它還屬於『半文化』小說，如果要使中國的小說與世界對話，一定要發展出豐富的中國文化。」此後的一年，「尋根文學」非常熱鬧，但這對中共而言是一重大影響，因爲中共不希望文藝離開政治太遠，所以從八五年底、八六年初起，遂有了對「向內轉文學」的批判，認爲文學不應「向內轉」。

什麼是「向內轉」呢?有三個特徵：一、三無——無情節、無主題、無人物；二、三淡——淡化了時代、淡化了思想、淡化了性格；三、三派——意識流派、荒誕派、現代派。於是在八六至八七年間，形成了論戰。不過，文學家也從過去吸收了經驗，即外在壓力大時，聲音相對就減少，發展到「六四」事件以後，大陸文壇可說是相當寥寂，作家們寧願轉一個彎，去表現心中的想法。其間依然有許多嚴謹寫作的作家，如鄭義寫「老井」，據他表示，寫「老井」初稿時，他一共寫了十口井，每口井都有歷史故事，都有挖井見水的歷程，不過後來覺得有的不成熟，遂一一刪去了。由此可見其創作態度之認眞。

我個人認爲，政治對大陸文學的影響，將會如玉山兄所言，逐漸淡化，事實上，也愈來愈不易形成直接的控制。中共雖可在一些技術上加以控制，如出版、發表、發行，甚至於控制鉛字，但對於作家創作的心靈而言，是無法制約的。

近幾年來，大陸上一些成名的作家，多半是港、台地區替他造成的聲勢，所以，海外對大陸藝文界的影響是不容忽視的。這也是我們研究中共文藝所應該努力的方向。

論文②

殘酷——大陸新時期小說的一個重要主題

◉張子樟 花蓮師院語文教育系教授

殘酷——人性惡——的意義
血腥式的殘酷
互殘式的殘酷
親人互殘的殘酷
驚心動魄的自殘
心理上的殘酷
結語

殘酷——人性惡——的意義

古今中外，任何文學型式，其基本目的都是爲了探討人性。文學爲求恆久與普遍，必訴諸於人性的探討，因爲亙古以來，世間萬物，唯有人性不變。人性實爲衡量文學的唯一標準。

人性有善有惡，文學的任務在於「發揚人性本善之處，抑制乃至排除其本惡之處。」（註①）偉大的文學作品必具有肯定人性本善的信念，但表現方式卻各有千秋。許多偉大的文學作品都是以受難式的方式表現人性，善惡均有，而且往往深刻的把人性惡的一面表現出來，襯托善的一面。作家在刻劃人性時，不妨從醜惡的一面描述，但還是必須有正面理想，亦即代表人性善的一面，如睿智（prudence）、勇敢（fortitude）、節制（temperance）、正義（justice）四大德性（註②）和智、仁、勇三達德等。這種人性求索的過程，亦唯有借用文學方能充分展現之。作品內涵則全視作者智慧而定。

以惡襯托善，如果拿捏不準，作品本身的內涵可能會從人性境界掉入以著重獸性生活爲主的自然境界。（註③）在描寫飲食男女以及各種慾望的發洩與追求中，如果能以內心的一種抉擇節制的力量稍加收斂，未嘗不能將作品內涵提昇，從自然境界回到人性境界，甚至於能明心見性，頓悟玄機，將作品表達提昇至刹那頓悟的宗教境界。（註④）檢視文革後的大陸新時期小說，我們發現，不論傷痕、反思或尋根，都曾在這方面努力過，但由於種種侷限，成效不大。八○年代中期後，以刻劃「殘酷」現象爲主的小說紛紛問世，似乎對人性惡的揭示有了新的契機。

何謂「殘酷」？「殘酷」的定義似可分爲：㈠蓄意或故意造成他人的痛苦或不幸；㈡欣賞他人

的痛苦或不幸；㈢對他人或自身的痛苦、災難抱著冷漠不理的態度。（註⑤）依據上面的說法，我們不難判定，「殘酷」的意義頗爲廣泛，可歸納爲「生理」與「心理」兩個層面。主動介入，利用種種不人道的手段，將痛苦或不幸加諸於他人（包括親人）的身上是殘酷；有意識或無意識地自虐與自殘是殘酷；對他人的痛苦、不幸，不但不表示同情、憐憫，反而以一種欣賞的心態，袖手旁觀，這種變態心理也是殘酷。這些直面現實的殘酷描述常使得讀者畏懼、噁心與無所適從。

在中國史實與文學作品中，殘酷行爲之敍述並不少見。春秋戰國的「坑四十萬」之說法，雖略顯誇張，但也說明了戰爭進行時，人的生物性發展到某種極致。歷代各種殘忍刑罰的發明與執行，展現了以殘酷抑制性惡之殘酷。《水滸傳》中的人肉包子，公案小說中的種種行凶描述，無一不令人畏懼、噁心與恐怖。現代小說中的殘酷現象更是比比皆是。〈藥〉中諸人羣集茶館，談到革命志士夏瑜遭親人出賣，人在獄中，依然要勸牢頭造反，康大叔、駝背、花白鬍子卻談笑風生，以趣事視之，讓讀者悲其無知。（註⑥）〈祝福〉中的祥林嫂一再反覆述說其不幸時，旁觀者立即冷冷地接其話語，打斷她的話。（註⑦）巴金在《滅亡》一書中的敍述：「杜大心底頭卻早已化成臭水，從電桿上的竹籠中滴下來，使得行人掩鼻子。」（註⑧）〈月牙兒〉（老舍）是一篇母女兩代爲生活所逼，均淪落爲娼的悲慘故事。老舍細膩地描寫一個純眞少女孑然一身在現實惡浪中掙扎，最後爲惡浪吞沒。（註⑨）〈爲奴隸的母親〉（柔石）中的父親將初生的女嬰用沸水活活燙死的描寫，令人觸目驚心。（註⑩）這些人性中生物性的刻劃，充分顯現了作家直面現實的勇氣。

文革期間是個「史無前例」的年代，不應該發生的事發生了，不可能發生的事也發生了。這是個互殘與自殘的血淚年代。文革結束後，「傷痕文學」和「反思文學」依然未能眞正深刻眞實地展現當代血淚。誠如高爾泰所言：「說假話是如此深深地浸透了我們文學的生命，以致許多的所謂的『傷痕文學』，都有意無意地把濃厚的血腥稀釋化為淡淡的脂痕；許多所謂的『反思文學』，都有意無意地把沉重的羈軛空靈化為朦朧的詩境。」（註⑪）這種和稀泥的浪潮一直到八〇年代中期後，「正視人生」的殘酷文學出現後，才逐漸退潮。八六年的「血腥」作品大量問世以後，殘酷現象的描述，終於成為新時期小說的重要主題之一。

血腥式的殘酷

黃子平在《中國小說一九八六年》的〈序〉中指出：「在小說中，人們從來沒有像這一年中見識如此之多的血！淤積的血層層疊疊，壓得人們喘不過氣來。『歷史是血寫成的』——這句話早已被沖淡成無力的陳套。小說家卻以其非凡的想像力和歷史的洞察力，使死去的鮮血復活了給痲木的人們看。」（註⑫）腥甜的血氣所追溯的不僅是文革十年或更前面的「十七年」，而且更以歷史的透視手法回顧二十世紀以來中國人的處境。

莫言的《紅高粱家族》（註⑬）是篇從熠熠血光展現殘酷的作品。作者以血的腥甜氣息替其祖先立傳：「三百多個鄉親疊股枕臂、陳屍狼藉，流出的鮮血灌溉了一大片高粱，把高粱下的黑土浸泡成稀泥……」再加上狗羣爭食人肉與人狗之間的拚鬥，殘酷的場面反覆刺激著讀者，令人鬆不過氣來。

比較起來，書中有關羅漢大爺慘被剝皮的描寫更是殘酷的極致：「……羅漢大爺的頭皮褪下，露出了青紫的眼珠。露出了一棱棱的肉……臉皮被剝掉後，不成形狀的嘴裡還嗚嗚嚕嚕地響聲，一串一串鮮紅的小血珠從他的醬色的頭皮上往下流……大爺被剝成一個肉核後，肚子裡的腸子蠢蠢欲動，一羣羣葱綠的蒼蠅漫天飛舞……他的屍體被割得零零碎碎，扔得東一塊西一塊。軀幹上的皮被剝了，肉跳，肉蹦，像隻褪皮後的大青蛙。」作者不厭其煩，非常細膩地刻劃這些殘酷的場面，讀者心中則陣陣發毛。

淋漓的鮮血也在喬叟的〈靈旗〉（註⑭）直淌不停。血染的湘江除了展現了紅軍的悲慘命運外，更凸顯了人心的惡毒：「一仗打下來，從山頭到山腳都紅透了，全是血。……踩上去腳都拔不起。湘江早漲紅了，血水往海陽山倒灌……咔喳一下，他的腦殼上就劈進一把鐵鍬，腦漿子濺得樹葉上白花花的……白軍殺戒大開，狂犬般搜殺流散紅軍。砍頭如砍柴。飲血如飲水……用火筷子撬開嘴巴，往肚子裡灌糞水……那幾個神情莊重的人把顏色暗紅不知是銹還是血的鐵絲，緩慢無情地刺進綁在祠堂廊柱上的黨代表的睪丸。任憑他腦袋上仰下俯，長呼短叫，那些人全然不動聲色，慢悠悠地從那端把鐵絲拉來拉去，直到受刑人停止鼻息……在新圩，留下整整三千！橫的。豎的。站的。躺的。跪著的。趴著的。睜眼的。張嘴的。沒有腦袋的。沒有身子的。與敵人抱成一團的。刺刀和刺刀同時插進對方胸膛的。嘴裡銜著一隻耳朵的。手裡握著塗滿白慘慘腦漿的槍托的。腸子像一條條繃帶掛在馬尾松枝上的。」

集體殺人是人性殘酷的表現面之一，個人嗜殺也是同樣十分殘忍。〈靈旗〉的廖百鈞死於非命：「……是被快刀一下下剮死的。渾身上下一片片的肉片往外翻、像片來油炸的草魚。屍首並不全，沒有腦殼。」黑財佬被活埋了：「只留個腦殼在外面。臉憋得又灰又紫，腫得像個篾籮。有他過去兩個腦殼那麼大。」到頭來，不停動手殺人的青果老爹雙手沾著鮮血，身上臉上濺了血。每天往塘裡跳也洗不掉。也許是種報應，他活得比誰都長，那股腥甜的血味永遠伴著他。

用鮮血堆砌成的歷史殘酷場面，不僅僅出現在莫言與喬良的作品中。在老鬼的《血色黃昏》（註⑮）與張承志的《金牧場》（註⑯）和〈西省暗殺考〉（註⑰）中都出現了慘不忍「讀」的殘酷殺戮場面。歷史終究擺脫不了血的橫流交叉。

互殘式的殘酷

人在絕望中爲求自保，往往會採取最狠毒、最殘酷的手段來對付他人。處於困境中的人似乎身上的殘酷本性更容易發作。在新時期小說中，人與人之間的個別殘酷行爲，其手法之狠毒，並不亞於集體血腥式的屠殺。

〈殺〉（註⑱）（劉恆）中的王立秋受不了關大保一而再再而三的逗弄式的報復手法，終於激發了他的殺性：「他（大保）小看了立秋。他的後腦勺挨了致命的爆炸似的一擊。……立秋聽到了鍬葉在骨頭裡發出的清脆的聲音，那個身子縮成一團扎到水裡的時候，把他手裡的鐵鍬也帶脫了，像個大尾巴似地耷拉在突然紅得可怕的水窪裡。」

殺人償命似乎是條永恆的法則，王立秋自首後不久，便被槍斃了。這件殘酷的凶殺案給原本溫柔有如一潭死水的達摩莊，帶來一陣不甚溫柔的漣漪。

人與人的互殘行爲並不完全起因於絕望或陷於困境。有時常常由於一樁小事便造成重大的殘殺行爲。〈錯誤〉（註⑲）（馬原）中年輕氣盛的「我」竟然爲了一頂軍帽，跟同室的十三人起了生死之鬥。「我」先跟黑棗起了打鬥：「他把那條齊頭高的硬木杆用力掄圓了。我想過用手臂擋一下，結果他沒讓我來得及擋，他的硬木杆在接近我腰部時，突然變了方向直掃下三路，而且掃得極低。……結果我的腳踝被木鍬把掃成粉碎性骨折，我成了終生跛腳。」

受了重傷，「我」遷怒於同室的二狗身上：「我……一把抓住他衣領，接著用那條沒受傷的右腿直搗二狗胯下，他當時就倒下了，倒在地上瘋狂般的打滾嚎叫。……二狗在家裡躺了三個多月，他反正殘廢了。……起碼他喪失了找老婆生兒育女的能力。」「我」這種與同室室友互殘至殘廢程度的殘酷行爲，能不能完全歸咎於時代的動亂無序呢？或者時代的動亂無序啓動了人性中的獸性呢？

格非在〈大年〉（註⑳）中，以十分陰森冷峻的筆法，鋪陳了另一種殘酷：不動聲色的殘酷。〈大年〉中的豹子遊手好閒，偷糧偷雞，無所不爲，到處惹事生非。在飢荒的年代，他母親發現熬不過飢荒，怕死後留豹子在世間惹事，便僱人來殺害她兒子。母親僱人要殺死親兒是件慘絕人倫的事，但故事中另一個主角唐濟堯的行事方式更令人畏懼。豹子的所做所爲只不過是小混混的妄行而已，但城府深沉的唐濟堯的作爲才是眞正的殘酷。他先利用豹子殺死村中首富丁伯高：「豹子和另外幾個年輕人走到丁伯高的跟前，對著他的腦殼每人開了一槍，頭也不回地朝林裡走去。」然後，他趁豹子喝醉酒，殺了他：「他（豹子）剛剛在橋邊趴下，準備喝水，水中又映照出另一個人的臉，那張臉上佈滿了笑容。……唐濟堯將豹子的頭按在水底。豹子覺得自已的鼻子和嘴碰到了汚泥。他的雙手在水中亂扒了一陣，混濁的水面上泛出了一串串泡沫。唐濟堯將膝蓋壓在豹子僵直聳起的脊背上，嘩嘩汩汩的流水浸濕了他的褲管。……過了很久，唐濟堯看見水面上的泡沫越來越小了，豹子的身體也開始發軟，他鬆開豹子，洗了洗手，返身爬上了那道溝澗，朝村裡走去。」

唐濟堯手段之毒完全呈現在不動聲色的殺人過程中。讀者只覺得一股冷氣直往上冒，背脊發涼，畏懼、噁心之感頓生。

親人互殘的殘酷

回溯歷史，《聖經》上該隱（Cain）弒弟之說應是親情互殘的開始。同根生的同胞兄弟姐妹本應相親相愛，互助互諒。但在現實生活中，人到了絕望時，或者發了獸性，親人之間照樣撕殺一番。無論是有意識的或無意識的，無論是心理上的或生理上的，親人互相殘害的敍述更加可怕。〈大年〉中的母親僱人要殺死親兒，替村人除害，已是十分嚇人，但在余華或洪峯的筆下，親人互殘的刻劃更是登峯造極。余華對殘酷行爲的描述在〈死亡敍述〉已經非常令人噁心，（註㉑）〈現實一種〉（註㉒）再呈現更高一層的殘忍。這篇小說描寫了兩代兄弟之間的一場自相殘殺。老大山崗的兒子皮皮看到父親經常以打耳光的方式揍母親，這種文化環境的影響轉移成其攻擊性本能與虐待的快感，因此他先給在搖籃裡的堂弟幾記耳光，並且伸手去卡其喉管。然後又抱起堂弟走到院子裡，「感到越來越沉重了，他感到這沉重來自手中抱著的東西，所以他就鬆開了手。他聽到那東西掉下去時同時發出兩種聲音，一種沉悶一種清脆，隨後什麼聲音也沒有了。」

等到他回轉過來，「他看到堂弟頭部的水泥地上有小灘血。他俯下身去察看，發現血是從腦袋裡流出來，流在地上像一朵花似地在慢吞吞開放著。而後他看到有幾隻螞蟻從四周快速爬了過來，爬到血上就不再動彈。只有一隻螞蟻繞過血而爬到了他的頭髮上，沿著幾根被血凝固的頭髮一直爬到了堂弟腦袋，從那往外流血的地方爬了進去。」

接著而來的是老二狠揍妻子：「山峯就屈起膝蓋頂住她的腹部，讓她貼在牆上，然後抓住她的頭髮狠命地往牆上撞了三下。」等皮皮承認是他抱了堂弟，山峯要皮皮去舐他兒子流在地上的鮮血，然後「飛起一腳踢進了皮皮的胯裡。皮皮的身體騰空而起，隨即腦袋朝下撞下了水泥地上，發了沉重的聲響。」

整個家庭完全處於互殺的狀態。山崗把弟弟折磨死了，自己坐了牢被槍決了，然後慘被解剖，被分解成移植用的器官零件。解剖與分解部分的敍述最爲殘酷。醫生們只知道爭取自己需要的器官，死者是誰全無意義。人與人冷漠相對，人轉化成物，殘酷達到最高點。

洪峯的〈瀚海〉（註㉓）是篇記述一個不甚正常的家族的故事。「我」的大哥是個低能兒。他是全家的累贅。膽怯的妹妹身上的花布衫被大哥撕成碎片，變成精神失常。有天晚上，妹妹失蹤凍死在外，「我」認爲大哥害死了妹妹。大哥整夜尖叫，白天惹事，全家不得安寧，綑綁也無效。「我」便設計在河裡讓其上當。大哥走入河中深處，傳出尖叫和辟辟叭叭的擊水聲。他落水後，「碩大的頭顱在紫紅色的水中冒了幾次，細小的手撲打著紫紅色的水面，水花閃著紫紅色的光芒，同時水面傳來沒有節奏的淸脆的響聲。」「我」就這樣子結束了大哥的生命：「第三天中午，池子裡浮起了大哥腫脹的屍體。那是一具腦袋占了全部身長四分之一的一米多長的屍體。露出水面的那片肚皮上，落著一些蒼蠅。」

丈夫殘害妻子的行爲也一再出現在小說作品中。〈狗日的糧食〉（劉恆）（註㉔）中的妻子癭袋一輩子以見不得人的行爲維持一家人的三餐問題。缺糧使得人的性格起了變化，不知羞恥爲何物。等有了購糧證時，癭袋卻偏偏弄丟了。丈夫楊天寬一怒之下，打死了老婆。方方的〈風景〉（註㉕）

描繪了現實城市底層生態。一家十口擠在一間陰暗的小屋。京廣鐵路的火車每隔七分鐘從屋簷邊擦過。在這種不正常的生活環境裡，變態的行爲自然連串發生。父親打母親變成一件常事。母親也喜歡挨打後，父親懇求和好的模樣。有時還故意挑逗父親討打。當母親不再挨打時，竟「一下子衰老起來。」連親密如夫妻者也得以殘害行爲維繫關係，殘酷也就算不上殘酷了。

驚心動魄的自殘

在談到人與動物的界線時，史鐵生說：「這天地間會自殺的只有人類。」（註㉖）自殘只是趨近自殺的一種方式而已，並不一定能達成自殺的目標，何況自殘者也可能只想處罰自己，並沒有赴死的念頭，如在〈你的行爲使我們感到恐懼〉（註㉗）（莫言）中的呂樂之。他雖把自己的生殖器割掉，但依然活著。當然，當人對人生完全絕望，可能會藉著自殘達到自殺的目的，但也有可能自殘者是位發瘋的人。他的自殘動作完全是無意識的。余華的〈一九八六年〉（註㉘）就是以自殘的行爲刻劃了文革的後遺症。

文革時，「一位循規蹈矩的中學歷史教師突然失蹤。」年輕的妻子在經歷一段苦難的生活後，帶著女兒改嫁他人。文革結束後十年，已經變成瘋子的歷史教師突然回到家鄉，出現在街頭上。他在失蹤前，曾一度特別熱衷於刑罰，準備離開學校後專門去研究刑罰，他把歷代的刑罰列成一張單子（這張已經發黃、上面布滿斑斑霉點的紙，是他的妻子後來在廢品收購站發現的。）

五刑：墨、劓、剕、宮、大辟。

先秦：炮烙、剖腹、斬、焚……

戰國：抽脅、車裂、腰斬……

遼初：活埋、炮擲、懸崖……

金：擊腦、棒殺、剝皮……

車裂：將人頭和四肢分別拴在五輪車上，以五馬駕車，同時分馳，撕裂軀體。

凌遲：執刑時零刀碎割。

剖腹：剖腹觀心。

這位歷史老師人雖發瘋，但這些刑罰的方式卻仍然深潛於意識中。於是，他在街頭上，憑著不甚清楚的記憶，將墨、劓、剕、宮、凌遲等可怕的刑罰方式逐項加在自己身上。他已經認不出當年的妻女。但妻子卻一眼認出他來。當他在街頭上逛蕩自殘時，她閉戶不出。女兒對於在自己只有三歲時便失跡的父親不太有印象。她的親生父親幾次自殘時，她甚至於在場觀看。作者余華敍述時不動聲色，彷彿站在一旁冷漠觀賞一齣一齣慘劇的演出。細膩詳實的描寫，讀者讀來，全身悚然。除了自殘的動作外，不時穿插在瘋子腦裡浮現的種種殺人經過，塑造出更爲慘烈的殘酷效果。

心理上的殘酷

前面所敍述的均是以生理上的殘酷爲主，雖然這些殘酷也包含部分心理上殘酷。心理上的殘酷缺少了血淋淋的寫實畫面，但其殘酷的程度在某些方面甚至超過生理上的殘酷。生理上的殘酷往往是一時的，受罰者非死即殘；（當然，殘廢是終生的記號，而非一時的。）而心理上的殘酷常常是一種持久的心靈虐待與折磨。

〈伏義伏義〉（註㉙）（劉恆）敍述了楊金山對王菊豆的生理虐待，但嬸侄間的性愛和情愛，楊天青不得不把兒子當做弟弟所造成的精神上的折磨，遠遠超過肉體上的虐待。於是，「小說整個呈現了一幅幅錯亂與顛倒的圖景，做父親的做不了父親，做母親的也做不了母親，做兒子的做不了兒子，做妻子的也做不了妻子，對這千百年來只講秩序的社會來說，其實是最沒有人的秩序。」（註㉚）到頭來，只有死亡才能解開這糾纏不清的線點。

王安憶的〈小城之戀〉（註㉛）也是以男女的情愛來表達人與人之間的心理上的互相折磨。「小說中那個近於憨愚的女孩子，在性愛力的驅策下不可遏制的原始生命的衝動，以及伴此而生的內在焦慮與罪惡感，表明了女人在性愛中穿越非人格意識層面、人格意識層面、超人格意識層面，從生物的人到社會、文化的人的深刻矛盾與痛苦。」（註㉜）他與她掙扎於貪慾和罪惡感的懺悔中，彼此以扭曲的身姿，疼痛的肉體，佯裝的仇視和謾罵，設法來渲泄性飢渴燃起的焦灼苦悶之火。這種長期折磨式的殘酷終於在她產下雙胞胎後，暫告一段落。

男女的情慾會造成心理上的折磨，現實生活的痛苦殘酷同樣也折磨著世間的凡夫俗子。方方的〈風景〉與池莉的〈煩惱人生〉（註㉝）都揭示了一些日常生活的煩惱問題。這些問題都是人在並不理想的環境中掙扎，活死兩難所造成的。兩位作者都以殘酷的手法暴露了人的主體性的失落。

在〈風景〉中，艱苦的環境使得生長其中的七哥對生活有了新的體認。「善有善報，惡有惡報」不見得是正確的，因爲現實社會展現出來的可能是「善有惡報，惡有善報」。生存於其中的七哥深刻體認了這種歷史殘酷性。他靠著靈活的適應力，終能出人頭地。他在不講求正義公理、一切事物脫離正軌的社會裡進進出出，終於形成獨特的求生之道。他運用了殘酷但管用的實用哲學，一步一步往上爬。雖說生活中有了遺憾（妻子不能生育），但有得必有失，在其他方面有了補償，也就沒有什麼好埋怨了。

〈煩惱人生〉中的印家厚也同樣在不理想的環境中掙扎著。對於他來說，生活是無窮的煩惱，是一張殘酷的網，一旦陷入，永遠無法掙脫。「他是一個現代化鋼板廠的操作工，對這份工作他感到滿足、自豪，別無他求。可怕的是那平庸、瑣碎的生活在不間斷地扭曲、銷蝕著他。住房的窘迫、上班的艱難、妻子的蠻橫、環境的冷漠、孩子的累人、經濟的拮据、愛情的困惑……使他無論從體力上還是心靈上，都有一種不堪承受之感。在生活這張無形巨網的束縛下，他越來越變得怯懦、孤獨、平庸。說什麼個性解放、建功立業、尋找愛情、支配命運，在現實面前，一切美妙的理想都會破碎。」（註㉞）由於這些外在和自身的原因，加在印家厚身上的網越收越緊。他無法掙脫，也不想掙脫。最後，他必定會完全失去了自由，逐漸步向毀滅。畢竟，小人物永遠無法與他週遭的殘忍環境爭鬥的。屈服是活命的唯一方法，但又活得沒有尊嚴。

如果要以「冷漠」來表示殘酷的程度，洪峯的〈奔喪〉（註㉟）與〈湮沒〉（註㊱）是兩篇不可忽略的作品。〈奔喪〉中的「我」是個典型的冷漠局外人。他的虛幻感與現實之間出現了重大的差距。「我」「在姐姐驚慌失措的報喪聲中看到的是『我姐的兩隻大乳房跟屁股一樣上上下下左左右右抖著』；在乘火車奔喪時，當『我』的姐姐、妻子沉浸在悲哀的情緒中時，『我』卻注意窗外的景緻，甚至想是『安閒舒適』地度晚年的理想地；當『我』的親人們為如何安排父親後事而爭得面紅耳赤時，

『我』卻在草地上與舊情人玲姐重溫舊夢；當『我』的父親被投入焚屍爐中熊熊燃燒時，『我』卻與玲姐在隔壁的小屋裡擁抱親吻。」（註㊲）「我」極力想排除傳統規範加在他身上的種種約束，但又無能爲力，只得在內心裡刻毒地冷言冷語一番，然後又順從規範。「我」是個患了嚴重冷漠症的人，事事均能超離在外。他譏諷痛苦，因爲他是一個冷漠得不知痛苦爲何物的人。他不苟同周遭的人的行事方式，但他又離不開他們，只好選擇了妥協的方式延續生存。

〈湮沒〉的敍述者也是一個冷漠的局外人。他事事不在意，活得很辛苦，因此想尋找死亡的刺激。荒謬的是，他非常珍惜自己的生命，一直不肯用自殺或自虐的方式來達成死亡邊緣的刺激。他採用是要藉著謀殺一個與自己關係十分密切的無辜者，來達成他的願望。他對周遭的一切都以冷漠待之。當第一位無辜者識破其陰謀而忿然離開後，他立刻又找到另一位替身。他把未婚妻推入湖中，在小舟上無動於衷地觀賞落水者在水中呼救、浮沉，然後又跳進水中無動於衷地要把她救起來。他的冷漠無情與〈奔喪〉中主人公的殘酷行事方式在在說明了現代人的偏執與痲木。

結語

王彬彬在〈「殘酷」的意義〉一文中以讚賞的口吻肯定了「殘酷」文學的價值。他說：「這些讓人覺得殘酷的作品以中國文學史上空前未有的勇氣和固執直面了『慘淡的人生』和正視了『淋漓的鮮血』，揭示了在特定時空裡人類的『生存本相』。」（註㊳）他又以「『瞞和騙』的終結和『正視人生』的開始」、「眞正的現實主義文學」和「人性惡的揭示」三點來揭示作品的「殘酷」在中國文學史上所具有的意義，並大力抨擊汪曾祺、張賢亮逃避現實，不敢「正視人生」。（註㊴）我們不否認，描述「殘酷」現象的作品的紛紛問世，對傳統儒家道家思想的批評、寫實主義的闡揚，人性惡的揭露都有了渲洩之路。但在一番冷靜的回顧與明澈的透視後，我們對於這些充分展現了人性的邪惡和狠毒、生存的艱難和窘迫、現實的冷峻和陰暗的作品，依然覺得存在著不少令人深思的問題。

㈠殘酷離不開食色與死亡

以「殘酷」爲主題的小說所要刻意強調的依然是人在「食」與「性」之間的掙扎和「生」與「死」之間的徘徊。「食」與「色」可以表達生存的喜悅、悲哀與無奈，但要滿足「食」與「色」這兩種基本生理需要，常常要藉著殘酷的手段方能達成，於是，「殘酷」也成爲對生死問題的一種詮釋。在莫言的《紅高粱家族》、喬良的〈靈旗〉、老鬼的《血色黃昏》、張承志的〈西省暗殺考〉、劉恆的〈狗日的糧食〉、〈殺〉與〈伏羲伏羲〉、格非的〈大年〉、余華的〈死亡敍述〉、〈現實一種〉、〈一九八六年〉、洪峯的〈瀚海〉、〈湮沒〉與〈奔喪〉中，都出現了殘暴、凶殺、自虐、冷酷的死亡意識。作家表現出對死的冷靜、淡漠、茫然和不動聲色。這種死亡意識，實際上是對人生現實與對遠古文化的追尋後的進一步思索，也就是對人的生命之謎，對人的生命的自生自滅，特別是對死亡之謎的探索。作爲隱喻而言，蕭友元指出，這些作品主要「在揭示現實生活中人們生存困惑裡最隱藏、最陰暗、最深處的劣根，即暴露了作爲社會性這一層裡面關於生物性的那一層。」（註㊵）換句話說，這些小說眞正地揭示了人性惡的一面。唯有揭示人性中固有的邪惡，才能眞正深刻地展現人間苦難的根源，眞正眞實地描繪苦難本身。作家也由這些作品對人生的終極價值、生命的終極意義做出思考和求索，對人生的苦難、生命的悲劇表示無上的關懷。這種正視人生，以「殘酷」爲基點出發的死亡意識，對傳統的文化精神和審美心理結構是種超越。

㈡强烈的模仿傾向

由於長期閉關自守，大陸文學將近三十年（一九四九～一九七七）未與西方文學作品接觸過。大陸開放後，不同的西方文學紛至沓來，美不勝收，給原本死氣沉沉的大陸文壇注入一股活水。長期心靈囚禁的作家或急於運用西方藝術手法的作家，在面對種種外來的衝擊時，常有飢不擇食的動作出現。在這些以「殘酷」爲主題的作品中，不少呈現出强烈的「模仿」意圖。讀洪峯的〈奔喪〉，主人公「我」在父親屍體進行火葬時，他卻與舊情人玲姐在隔壁的小屋裡溫存，讓我們想起卡繆（Albert Camus）《異鄉人》（L'étranger）的主角莫梭在母親過世後的第二天，與以前的女同事瑪莉去看電影，當天晚上和她發生肉體關係的那一段。莫言的《紅高粱家族》中的魔幻敍述有著十分强烈的類似馬爾奎斯（Gabriel G. Marquez）的《百年孤寂》（One Hundred Years of Solitude）的筆法：「在具體的寫作方法上，莫言也毫不迴避馬爾克斯對他的影響和啓示。比如在敍述方法上，作者無所不在，但又不是『全知視角』，而是在故事中穿來穿去。有時先將人物未來的事寫出，這與《百年孤獨》也有一致的地方。」（註㊶）〈女女女〉（韓少功）中不正常的么姑年老後變成猿猴，變成魚的模樣的敍述，令讀者憶起卡夫卡（Franz Kafka）的〈蛻變〉（The Metamorphosis）中的那一隻由主人公葛雷哥里（Gregory）變成的大甲蟲。洪峯的另一篇作品〈湮沒〉的主角「我」將未婚妻推入湖中的殘酷審美手法，在某種層面上，可以比美白朗寧（Robert Browning）的名詩〈亡妻公爵夫人〉（My Last Dutchess）與〈頗非利亞的情人〉（Porphyria's Lover）的殘酷手段：一種是把美製成標本，據爲己有；另一種以絞殺的方式保存女友最純最美的刹那。（註㊷）〈靈旗〉（喬良）中的青果老爹一生殺了不少人。五十年來，每天往塘裡跳。用漂石搓，用水淋、用鼻子嗅。但始終去不了身上腥甜的血味。這讓我們想起莎士比亞的名劇《馬克白》（Macbeth）。馬克白夫婦聯手弒殺國王後，馬克白夫人直搓手，想洗去兩隻手上的血腥氣，但永遠洗不淨。這些例子足以證明西方作品對大陸當代作家的影響。

㈢作家心態的差距

衆所皆知，年齡的差距常常會導致對事物態度的不同。這種差異性也明顯地出現在當代大陸作家對「殘酷」主題詮釋的態度的執著。莫言（一九五六年生），韓少功（五三年）、張承志（四八年）、喬艮（五五年）、馬原（五三年）、格非（六四年）、洪峯（五七年）、余華（六〇年）等人是屬於年輕的一代。這些年輕的作家都擅長「冷」敍述，都傾向於「生命本相」的描述。無可諱言，中國近代史是中國歷史上最悲慘的一頁，尤其文革十年中，人間的悲劇更是達到顚峯狀態，人性惡也發揮到極致。我們承認，既然是寫實，當然免不了具體化的腥甜血氣與抽象的精神恐懼。但我們如果能平心靜氣地仔細考量，我們會發現，即使在最殘酷的年代，依然會有些發揮人性善的溫暖的一面在某些不引人注意的角落裡滋長著。因此，由於觀察角度的不同，較年長的作家，如汪曾祺（一九二〇年生）、從維熙（三三年）、王蒙（三四年）、張賢亮（三六年）等人，並「不想對世界進行像杜思妥耶夫斯基式的拷問，也不想對世界發出像卡夫卡那樣的陰冷的懷疑」。這些作家的作品，除了揭露現實世界的悲慘面與殘酷面外，依然堅信人性尚有善的一面。因此，他們筆下的敍述與刻劃不如上述幾位較年輕作家那般的狠毒與無情。既然寫作是件多樣化的工作。每位作家依據他的不同感受，自然有其不同的表達方式。一味苛責年長的作家逃避現實，也就沒有什麼意義了。何況，從讀者的角度來看，餐餐「青菜豆腐」，不易下箸呑食，偶而換個口味，當然是種享受。

但如果從此以後，頓頓皆是「活魚菜」，不但會有生厭、倒胃口的一天，營養也可能會失去均衡。

也許我們可以認定，閱讀有關「殘酷」敍述的小說作品，可以迎合、誘導、釋放出人性中的生物面，進而「淨化」和「替代」了我們不願在自已的生活中發生，但存在於想像中的慾望和要求。我們承認，「殘酷」小說的確動搖了傳統的道德化的審美體系，創立了另一種審美標準。我們也承認，「殘酷」小說以苦難究詰的目光，穿透了社會政治的表層，深入到人性黑暗的深處，在人心中挖掘出人間苦難的根源。我們也相信偉大的小說家佛克納（William Faulkner）的話說得有理：「有時候，人需要被提醒罪惡的存在，需要去改正、變革。他不應該永遠只記得善與美。」（註㊸）但我們更相信，一位眞正的現代寫實作家應該是聖貝甫所謂的「經典作家」：「一位作家，他能使人類心靈更豐饒，增加它的寶藏，使它向前邁進一步；他曾發現某種道德的而非意義模糊不清的眞理，或是指示出那顆心靈中某種永恆的熱情，在這心靈中所有一切似乎是已知的和已被發現的；他不論以何種形式表現了他的思想、觀察或發明，只要它是偉大的、優美的、明智的，本身是健全的、美麗的……」（註㊹）

我們企盼在這個焦慮的年代，充滿絕望、迷離、悲苦、緊張、暴力、煩悶、孤獨、異化、徘徊、冷漠、色情、不確定的年代，除了能產生批判人性惡的傑作外，也能有探討、頌揚人性善的作品問世。

註釋：

①侯健，《文學、思想、書》（台北：皇冠，一九七八年），頁十四。

②侯健譯，《柏拉圖理想國》（台北：聯經，一九八〇年），頁一八七。

③梁實秋，〈文學的境界〉，《中國文學評論》（第三册）（台北：聯經，一九七七年），頁九～十二。

④同右註。在〈文學境界〉一文中，梁實秋介紹人生三種境界：自然的、人性的、宗教的。然後他又將其擴展為文學的三種境界。

⑤*The Random House Dictionary of the English Language*, 2nd ed. (N.Y.: Random House, Inc., 1987) P. 483.

⑥魯迅，〈藥〉，《魯迅》（台北：海風，一九八九年），頁六三～八〇。

⑦魯迅，〈祝福〉，鄭樹森編，《現代中國小說選，I》（台北：洪範，一九八九年），頁十五～三五。

⑧巴金，《滅亡》（上海：開明，一九三九年），頁三二七。轉引自夏志清，《中國現代小說史》（台北：傳記文學，一九七八年），頁二六一。

⑨老舍，〈月牙兒〉，《老舍》（台北：海風，一九八九年），頁二一九～二六六。

⑩柔石，〈為奴隸的母親〉，《中國新文學大系第三集》（上海：上海文藝，一九八四年），頁六九六～七一八。

⑪高爾泰，〈話到滄桑句便工〉，《文匯報》，一九八八年六月十四日。

⑫黃子平，〈序〉，《中國小說一九八六》（香港：三聯，一九八八年），頁七。

⑬莫言，《紅高粱家族》（台北：洪範，一九八八年）。

⑭喬良，〈靈旗〉，冬曉、黃子平、李陀、李子雲編，《中國小說一九八六》（香港：三聯，一九八八年），頁一七八～二二一。

⑮老鬼，《血色黃昏》（台北：風雲時代，一九八九年）。

⑯張承志，《金牧場》（北京，作家，一九八七年）。

⑰張承志，〈西省暗殺考〉，黃子平編，《中國小說一九八九》（香港：三聯，一九九〇年），頁一八六～二四五。如馬夫刺殺坐轎人的描述，見頁二二二。

⑱劉恆，〈殺〉，黃子平、李陀編，《中國小說一九八七》（香港：三聯，一九八九年），頁二七〇～二八四。

⑲馬原，〈錯誤〉，黃子平，李陀編，《中國小說一九八七》，頁二八五～三〇〇。

⑳格非，〈大年〉，黃子平、李陀編，《中國小說一九八八》（香港：三聯，一九八九年），頁一～三五。

㉑余華，〈死亡敍述〉，余華，《十八歲出門遠行》（台北：遠流，一九九〇年），頁四一～四二。余華以十分冷酷無情的筆調，詳述主角被殺的經過：「可是當我轉過身準備走的時候，有一個人朝我臉上打了一拳，這一拳讓我感到像是打在一只沙袋上，發出的聲音很沉悶。於是我又重新轉回身去，重新看著那幢房屋，那個十來歲的男孩從裏面竄出來，他手裏高舉著一把亮閃閃的鐮刀。他撲過來時鐮刀也揮了下來，鐮刀砍進了我的腹部。那過程十分簡單，鐮刀像是砍穿一張紙一樣砍穿了我的皮膚，然後就砍斷了我的盲腸，接著鐮刀拔了出來，鐮刀拔出去時不僅又劃斷了我的直腸，而且還在我的腹部劃了一道長長的口子，於是裏面的腸子一湧而出。當我還來不及用手去捂住腸子時，那個女人揮了一把鋤頭朝我腦袋劈了下來，我趕緊歪了一下腦袋，鋤頭劈在了肩胛上，像是砍柴一樣地將我的肩胛骨砍成了兩半。我聽到肩胛骨斷裂的發出的「吱呀」一聲，像是打開一扇門的聲音。大漢是第三個竄過來的，他手裡揮的是一把鐵鎝。那女人的鋤頭還沒有拔出時，鐵鎝的四個刺已經砍入了我的胸膛。中間的兩個鐵刺分別砍斷了肺動脈和主動脈，動脈裡的血「嘩」地一片湧了出來，像是倒出去一盆洗腳水似的。而兩旁的鐵刺插入了左右兩葉肺中。左側的鐵刺穿過肺後又插入了心臟，隨後那大漢一用手勁，鐵鎝被拔了出去，鐵鎝拔出後我的兩個肺也隨之蕩到胸膛外面去了。然後我才倒在了地上，我仰臉躺在那裡，我的鮮血往四周爬去。我

的鮮血很像一棵百年老樹隆出地面的根鬚。我死了。」

㉒余華，〈現實一種〉，余華，《十八歲出門遠行》，頁一八三～二四八。

㉓洪峯，《瀚海》（北京：作家，一九八八年），頁一～七三。

㉔劉恆，〈狗日的糧食〉，《聯合文學》第三十四期，一九八七年八月號。

㉕方方，〈風景〉，閻綱、蕭德生、傅活、謝明清編選，《一九八七年中篇小說選》（第二輯）（北京：人民文學，一九八九年），頁四五九——五三一。

㉖史鐵生，〈答自己問〉，西西編，《第六部門》（台北：洪範，一九八八年），頁六九。

㉗莫言，〈你的行爲使我們感到恐懼〉，黃子平編，《中國小說一九八九》（香港：三聯，一九九〇年），頁一二九～一八五。

㉘余華，（一九八六年），同註㉑，頁四三～一〇三。

㉙劉恆，〈伏羲伏羲〉，黃子平、李陀編，《中國小說一九八八》，頁八〇～一七一。

㉚程德培，〈劉恆論——對劉恆小說創作的回顧性閱讀〉，《中國現代、當代文學研究》（一九八八年十一月號），頁二一一。

㉛王安憶，《小城之戀》（台北：林白，一九八八年）。

㉜王緋，〈女人：在神秘巨大的性愛力面前——王安憶「三戀」的女性分析〉，《中國現代、當代文學研究》（一九八八年八月號），頁一六九。

㉝池莉，《煩惱人生》（北京：作家，一九八九年）。

㉞段崇軒，〈「屏蔽」後的重建——池莉中篇小說解析〉，《文學評論》（一九九一年二月號），頁一三三。

㉟同註㉓。頁一三六～一八三。

㊱同註㉓。頁一九九～二一三。

㊲董朝斌，〈小說本性的復歸——洪峯論〉，《中國現代、當代文學研究》（一九八八年三月號），頁二〇九。

㊳王彬彬，〈「殘酷」的意義——關於最近幾年的一種小說現象〉，《中國現代、當代文學研究》（一九八九年六月號），頁一二〇。

㊴同右註。頁一二〇～一二四。汪曾祺在〈社會性、小說技巧〉（刊登於一九八八年第八期《北京文學》）一文中說：「我不想對這世界進行像杜思妥耶夫斯基式的拷問，我也不想對世界發出像卡夫卡那樣的陰冷的懷疑。我對這個世界的感覺是比較溫暖的。」王彬彬批評他：「經歷了苦難的歷史，目睹了現當今的遍地血淚，而仍對世界感覺『溫暖』，並寫出一些『溫暖』的作品，這在魯迅看來，無疑是一種『瞞和騙』。」

㊵蕭友元，〈死亡，後新潮小說的一個基本主題〉，《中國現代、當代文學研究》（一九八九年三月號），頁九五。

㊶〈編者的話〉，吳亮、章平、宗仁發編，《魔幻現實主義小說》（長春：時代文藝，一九八八年），頁七。

㊷黃維樑，〈白朗寧的戲劇化獨白詩〉，《怎樣讀新詩》（台北：五四，一九八九年），頁二三三～二四二。

㊸轉引自吳方，〈說「殘酷」——閒話幾個小說〉，《中國現代、當代文學研究》（一九八九年六月號），頁六四。

㊹轉引自何欣，〈現代作家的理想和任務〉，《中國論壇》（第十二卷第三期，一九八一年五月），頁一〇。

特約討論

殘酷正視人生，寫法挑戰傳統

◉陳愛麗 文化大學中文系副教授

我想從另一個角度來看張子樟先生的論文。張文中將大陸八〇年代中期以後小說的重要主題—殘酷，做了詳盡的歸納、分析、評價。在歸納、分析的過程中，舉證豐富，只不過在評價上似乎是採取比較否定的態度，這可能與張先生在論文開頭所提出的文學觀有關。他的文學觀，以我的詮釋，似乎是較傾向於傳統，著重文學的道德功能。基於這種道德傾向較强的文學觀，張先生雖然在結尾提到「殘酷小說的確動搖了傳統的道德化的審美體系」，可是他還是寄望能有比較多的探討、頌揚性善的作品來平衡這些批判性惡的「殘酷」小說的氾濫現象。

概略來看，他的文學觀還是在傳統的審美體系裡面，所以他對一些「殘酷」小說的藝術表現手法較不深究。在此，我想從較文學藝術的層面來看這些小說。

大陸的文評家王彬彬在「『殘酷』的意義」一文中肯定了「殘酷」文學是「正視人生的開始」，

是「眞正的現實主義文學」。對於「眞正的現實主義文學」這句話，我有所保留。「現實主義文學」應從寬廣的角度來看，它可以有許多不同的表現形式，而「殘酷」小說的表現形式與已往不同，它較深切、眞實。王彬彬認爲，已往的小說「不敢正視人生」，即對人性的醜惡面採迴避或淡化的處理態度。就這一點而言，「殘酷」小說補足了傳統小說的不足，觸及了傳統小說中罕有觸及的境界，讓讀者對其所描繪的赤裸裸的眞實，感到觸目驚心之餘，對小說所能呈現的「可能性」做一番重估。

就文學技巧的演進而言，「殘酷」小說應該是在「傷痕文學」、「反思文學」以後，一些新進作家企圖在文學表現所做的一種突破，而他們所呈現的寫實效果，也比「傷痕」、「反思」文學更客觀、縝密。因此，我認爲，「殘酷」小說的出現，不僅是對中國文學裡「溫柔敦厚」傳統的挑戰，也是對讀者比較道德化的文學觀的挑戰。中國傳統的文學觀傾向於問「文學應該表現什麼？」而不是「文學能呈現什麼？」在道德的束縛中，作家的展現空間是較有限的，人性的刻劃是較簡化的，在人們的價値觀日趨多元化的現代，文學的創作勢必將呈現更個性化、多樣化的面貌，而對文學的欣賞也似乎應採取更包容的態度。

從「殘酷」小說中，我們看到文革對大陸作家人生觀與文學觀所投下的巨大影響，也看到當代大陸小說演進蛻變的痕跡。

論文③

「文革」後的大陸散文

◉陳信元 作家、業強出版社總編輯

前言

血淚凝成的挽悼散文

一部講眞話的大書——巴金的《隨想錄》

八十年代的抒情散文風貌

政治的晴雨表——雜文

時代的「交響樂」——散文詩

結語

前言

在蓬勃開展十多年的大陸「新時期」文壇上，散文的地位不高，它的未來也不被看好。自八十年代初起，「中國作家協會」爲了鼓勵文學創作，相繼設立了全國性的優秀作品評獎，計有短篇小說獎、中篇小說獎、報告文學獎、新詩獎、劇本獎、兒童文學獎、少數民族創作獎、長篇小說獎（以「茅盾文學獎」名義頒發）等，裡頭就是缺少了最大文類之一的散文獎。直到一九八九年初，才由「中國作家協會」舉辦首屆「全國優秀散文（集）、雜文（集）評獎初選」，評選出一九七七年至一九八八年的優秀散文、雜文集四十五部（註①），稍稍彌補了散文界長期以來的缺憾。

「新時期」的散文，已自前三十年「爲政治服務」的陰影中走出，套用劉再復的一句話，大陸散文作家「終於打破了幾十年來自己手造與心造的但又捆住自己的各種模式、框框和理念，贏得了個性創造力的解放。」（註②）這個時期的散文，在隊伍的壯大、創作和風格手法的創新方面都有所建樹，第一階段興起的挽悼散文還促成了思想解放運動，也爲雜文提供了廣闊的天地。

許多評論家都指出「新時期」的散文、雜文不受重視，成就遠落後在小說和其它文類之後。不受重視的原因很多，一是散文和雜文的出書遠比小說和通俗文學困難，劉心武曾在一篇文章提到：「出版社害怕賠錢，在出散文集方面比出詩集還要保守，致使一些相當優秀的散文作家的集子也難產。」（註③）；二是很少有關於散文和雜文的評論文章；三是一些著名的散文、雜文作家從來沒有人去開他們的作品討論會，散文界顯得有點落寞；四是由於文化水準的限制，在大陸，散文基本上是一種「奢侈品」，讀的人（消費者）與寫的人（生產者）都不多。更重要的一點，劉再復說的最透徹精闢，直指散文界應該借鑑的方向，他說：

> 就整體上說，散文界，特別是散文界中的中青年一代，並未充分地表現出小說界那種不斷否定、不斷選擇、不斷超越的文學精神。……要從整體上爭取我國當代散文水平的發展，首先必須把新時期的文學精神引入散文界，呼喚散文界出現一大羣心靈真正解放的、積極選擇的、充滿創造精神的中青年散文作家。（註④）

新時期文學的發展是不平衡的，按理說在經歷文化大革命這場歷史性的災難後，沒有比散文這一種文類更適合把「人類的良知及十億人的追求、回憶、憂慮、痛苦、惶惑、感奮，對鄉土、山川、人情的感受」（註⑤）深刻地表達出來。但像巴金的《隨想錄》、楊絳的《幹校六記》、《將飲茶》、陳白塵的《雲夢斷憶》這樣優秀又膾炙人口的散文集，畢竟爲數不多。對於「文革」的十年動亂，陳白塵主張應該多寫，他認爲：「十年動亂中，國家和人民都遭受巨大的創傷，除少數寵兒之外，誰不在心靈或肉體上傷痕累累？文學藝術如果不反映這些傷痕，那才是咄咄怪事！……傷痕文學不是不該寫，而是寫得不夠；我們還沒有反映十年動亂的深刻而偉大的作品出現！」（註⑥）散文比任何文類更能夠表現作家的自我，也更需要勇氣和膽識去直面嚴酷的歷史、苦難的昨日以及心靈深處的反思。澳大利亞漢學家白杰明稱讚巴金是「『文化革命』以來第一個能夠如此公然而持久地把自己釘在心靈的十字架上，對自己的靈魂進行解剖的作家。他勇敢地正視了自己的過去，主動地爲他在這非凡的三十年歷史中所作所爲承擔責任。」（註⑦）當海內外文學評論家、漢學家一致讚賞巴金

「說眞話」的散文，是「新時期」懺悔文學的代表作，我們不禁吶悶：更多說眞話的「巴金」在哪裡？

從「新時期」各種文類的發展做觀察，不能不承認中、短篇小說的成就最大，佳作也最多，湧現了一批優秀、高知名度的中青年作家；話劇、詩歌的表現，都凌駕散文之上。甚至有人認爲：整個散文創作的狀況還不及六十年代初期那幾年的繁榮發展，這種論調似是而非。造成六十年代初散文一度繁榮的因素，離不開當時的政治經濟背景，北京大學洪子誠教授曾做分析：「『大躍進』的挫折，嚴重的經濟困難，使小說、戲劇等在反映現實生活上發生了困難，文學創作呈現了衰退情景……，在這種情況下，散文開始突出了它在這一特定時間的重要地位。」（註⑧）這個時期散文的盛況也來自：文藝政策做了較爲開放的調整，報章雜誌推波助瀾，開闢「筆談散文」專欄、刊登大量散文作品。一九六一年還被文學史家稱爲「散文年」，散文創作熱潮延續了二、三年。

分析六十年代散文創作的成績，有下列的特點：一、散文的品種較以前更多樣，抒情散文、報告文學和雜文都有不少優秀作品出現。二、有更多的新人加入散文創作的隊伍，其中不乏長期從事黨政領導和教育、翻譯、科研工作者，形成一支頗具規模的隊伍；許多五十年代新崛起作家的藝術風格，在此一時期臻於成熟。三、開始提倡對散文的理論研究，講究散文美的藝術，作家重視從自己有深切體驗的生活中去取材。四、一些作家執意追求散文的「詩意」，挖掘生活中存在的美，編織了粉飾太平的金色的散文，未能對複雜的生活作深刻的透視和思考。五、有些被高度評價的名篇，「由於受到當時『左』傾思潮的沉重壓力或不自覺的滲透，在眞實性這一點上不能不受到了很大的削弱，有的甚至是矯揉造作或完全虛假的。」（註⑨）「楊朔體」唯美散文，在「新時期」文壇就遭受不少質疑。六、五、六十年代的散文，思維形式是單一化和定型化的，「一般都還沒有超越現實主義和浪漫主義這種理論模式。」（註⑩）

大多數「新時期」的散文作家，無法完全割捨與五、六十年代散文的臍帶關係，所以有不少早期散文創作的框框套套，至今還局限著不少散文作家的思維方式，也阻礙了散文朝向更多元發展的可能性。近年，對散文的未來性逐漸出現了一些悲觀的看法，他們認爲散文面臨內外在的挑戰，已成爲弱勢文類：

> 小說多方面的發達，已經堵死了散文發展的道路，占據了曾經是屬於散文的領土。而散文由於自身先天不足的懦弱品質，使它又無力反抗小說的「侵略」，更不要說去企望某種「輝煌勝利」了。所以不管散文做出怎樣的努力，它最終是不會獲得成功的。（註⑪）

有些專家學者並不贊同將「新時期」的小說和散文進行類比，從而得出散文不景氣的結論。現代散文史家林非就指出：「簡單地將小說與散文創作進行類比，這種做法本身就並不科學。小說由於它充分展開情節性的特徵，吸引的讀者肯定會多一些。……（散文）主要是以從內心深處迸發出來的眞情實感打動讀者。正是因爲不以情節性作爲自己的主要特徵，它的閱讀者的範圍自然會縮小一些了……。」（註⑫）

本文試圖從史的觀點，對「文革」後十多年來的散文發展，作成粗陋的觀察報告，觸及的散文品種有「血統」較純粹的抒情散文、雜文，以及「歸屬」較具爭議性的散文詩，至於報告文學實際已成一獨立的文類，在「新時期」取得非凡的成績，本文不擬觸及。筆者可以預知「大題小作」的寫法，難免引起讀者或評論者給予「走馬看花」的評語，但鑑於台灣學術界至今尚未開展對大陸「新時期」散文的整體研究，這篇文章就包藏了拋磚引玉的動機。

血淚凝成的挽悼散文

十年「文革」期間，大陸的文學藝術園地被摧殘得百花凋零，一片衰敗景象。一九七六年十月，噩夢似的浩劫結束後，散文這支文藝的「輕騎兵」，以血淚交織的哀歌，掀起了所謂「揭批『四人幫』，歌頌老一代」（註⑬）的文學思潮和創作趨勢。

對「文革」的回顧與反思始終是「新時期」散文的主旋律之一，大致可分爲兩個階段：初期是從現實政治的角度反思「文革」，一九七八年下半年以來，隨著大量「寃、假、錯」案的平反昭雪，人們悼亡靈，抒哀思，一批血淚凝成的挽悼散文就應運而生了。另一階段是在八十年代後，對「文革」的反思由政治轉向文化，開始對三十年曲折的社會歷史和國民性格加以重新審視，一批慘遭迫害的老作家，如巴金、楊絳、陳白塵、黃秋耘、孫犁等人，以眞摯情感，寫下了深具反思意識的散文。（註⑭）

挽悼散文的題材，有的悼念和歌頌中共領導者、老一輩無產階級革命家；有的悼念在「文革」期間被迫害致死的文學家、藝術家、科學家和其他人士。這類散文最主要的特點是感情眞摯、自然又強烈，「把控訴『四人幫』和歌頌死者緊密地揉合在一起，形成尖銳的『恨』與『愛』的對立感情漩渦。」（註⑮）曾經引起反響和較具代表性的作品有：陶斯亮的《一封終於發出的信》、丁寧的《幽燕詩魂》、巴金的《懷念蕭珊》等。（註⑯）人民文學出版社和上海文藝出版社曾先後出版悼念文學家、藝術家的《悲懷集》和《往事與哀思》兩個集子。

《一封終於發出的信》是一篇書信體的散文，作者是陶鑄的女兒，以字字血淚的悲憤控訴她父親被殘酷迫害的經過。「文革」初期，陶鑄被戴上「中國最大的保皇派」、「叛徒」的帽子，莫名其妙被趕出政治舞台，橫遭囚禁，迫害至死。作者從父女相處的日常生活著墨，注重細節刻劃，生動地寫出陶鑄對女兒的關懷，對妻子的情深，也以女兒的身份向父親傾訴了綿長不盡的感情。

《幽燕詩魂》是悼念散文家楊朔的文章，作者祇選取北戴河休假期間的幾個場景，用點睛之筆寫出了具有詩人風度的楊朔的神采風貌、性格氣質，而且以情景交融的描寫渲染了詩情畫意。

《懷念蕭珊》是巴金五本「隨想錄」系列散文中最令人盪氣迴腸的一篇。巴金眼中的蕭珊，並不是絕對完美，舉例來說：在翻譯工作上，她缺乏刻苦鑽研的精神；在生活上，她缺少吃苦耐勞的勇氣；在第一次參加「作協」分會的鬥爭時，她張惶失措、坐立不安……。這樣一位平凡的女性，爲了保護巴金，卻寧願挨紅衛兵的銅頭皮帶，寧願多受一點精神折磨，減輕對巴金的壓力。《懷念蕭珊》只就日常瑣事，用平易的文字娓娓寫來，卻能見出巴金內心深處濃烈激盪的感情，感人至深。

●

一九七六年十月至一九七九年上半年，散文創作的路子、寫法和格調，大致還是延續六十年代，在藝術上還談不上有什麼重大的開拓與革新。自一九七九年下半年起，隨著開放、改革的政策、思想的解放，散文和其他文類在題材、形式和文體上都朝向多元的發展。（註⑰）散文創作的題材更開闊，作者的個性與思考成分比過去明顯增多了，他們表現自己的題材，抒發自己的眞知實感，並力求寫得坦率眞誠，不避個性。同時，散文作者也從我國的古典散文、外國散文，以及詩、小說、電影、戲劇等各種文學體裁中借鑑、學習、探索散文形式的創造與革新。

八十年代初，繼「傷痕文學」之後，出現了「反思文學」創作潮流，對五十年代以來大陸的社會歷史做了深層的反省思考，檢討反右派鬥爭擴大化及「大躍進」中左傾錯誤危害。許多散文作家開始寫回憶「文革」經驗和追蹤歷史的作品，他們的寫作動機不同，有的是寫下歷史，「立此存照」；有的爲故人畫像，印證滄桑；有的想從歷史中尋求安慰與對比……。這類散文最膾炙人口的代表作有：楊絳的《幹校六記》、陳白塵的《雲夢斷憶》、丁玲的《牛棚小品》、黃秋耘的《丁香花下》等，都以春秋之筆描繪了文化人在「文革」浩劫中的悲情命運。

在兩篇同以「五七幹校」爲背景的作品中，呈現了不同的風格。楊絳在《幹校六記》裡以含蓄簡練的筆調，記錄了「文革」中期與錢鍾書被下放幹校勞改的往事。楊絳身處苦難之境，猶能以溫柔敦厚的情致，不事雕琢的筆觸，描寫他們伉儷情深，讚美那些善艮美麗的心靈，甚至饒有情趣地描寫那隻頗通靈性的小狗，展現了一位文學家的赤子之心和藹然仁者的情懷。三十年代就開始戲劇寫作生涯的陳白塵，以擅長諷刺喜劇著稱。他以幽默、諷刺的筆觸，記述了在湖北古雲夢澤畔咸寧「五七幹校」勞動時的見聞、際遇。他的諷刺常是一針見血地鞭撻現實；他的幽默中蘊含哲理和深沉的思考，透過作者精細而又鋒利的解剖刀，我們可以看到「文革」時種種的人生相和社會相，也看到各式各樣的靈魂。

一部講眞話的大書——巴金的《隨想錄》

一九八六年九月二日，「中國作家協會」主辦的《文藝報》爲慶賀巴金《隨想錄》五集完稿，邀請北京十多位文藝界人士座談。與會人士高度評價這部里程碑式的作品，宣稱「《隨想錄》是繼魯迅之後，我國現代散文史上的又一座高峯。」（註⑱）

《隨想錄》五集計一百五十篇，四十二萬字，它是巴金八十年人生經驗和六十年文學活動的總結。自開始發表、結集以來，它的影響和價値，也遠遠超出了作品本身和文學範疇。《隨想錄》之所以震撼「新時期」文壇的原因很多，有很多人說它始終貫穿著「講眞話」的原則，劉再復說：「在一個人文環境很不寬鬆的條件下，敢於不顧心靈之外的壓力，勇敢地講眞話，就使我感到由衷的欽佩。」（註⑲）陳思和則對巴金說「眞話」的內涵做了進一步的闡釋：「作家站在人民的立場上，對歷史現象作了認眞的獨立的思考，只有當這種思考的結果與人民的根本利益相符，作家的眞話說出了人民的心裡話時，他的眞話才能具有人民性的價値。」（註⑳）

巴金寫作這部大書，最可貴的是從「解剖自己、批判自己」做起的。「新時期」初期的「傷痕文學」，在揭「文革」瘡疤之餘，總把責任往別人身上推。巴金不同，他說：「不是身歷其境、不曾身受其害、不肯深挖自己靈魂，不願暴露自己醜態，就不能理解這所謂十年浩劫。……」「我寫作，也就是在挖掘，挖掘自己的靈魂。必須挖得更深，才能理解更多，看得更加清楚。但是越往深挖，就越痛，也越困難。」（註㉑）有人說巴金的《隨想錄》寫得太痛苦，他始終是一個在流血的靈魂。

曾有人批評《隨想錄》忽略了文學技巧，巴金對這種說法不以爲然，在一篇文章中說明了自己追求的最高藝術境界：

我不是用文學技巧，只是用作者的精神世界和真實感情打動讀者，鼓舞他們前進。我的寫作的最高境界，我的理想絕不是完美的技巧，而是高爾基草原故事中的「勇士丹柯」——他用手抓開自己的胸膛，拿出自己的心來，高高地舉在頭上。（註㉒）

巴金撰寫「隨想錄」系列散文，已擺脫了「技巧」的束縛，也可以說他達到了使讀者感覺不到技巧的技巧，是一種極高的藝術境界。巴金通過這些說眞話的散文，求得心靈的平靜，淨化了自己的靈魂：

我要求的並不是「尊敬」。我希望的是心的平靜。只有把想說的話全說出來，只有把堆積在心上的污泥完全挖掉，只有把那十幾年走的道路看得清清楚楚、講得明明白白，我才會得到心的平靜。（註㉓）

《隨想錄》的藝術成就，是以中華民族一次深重的劫難凝煉而成。「文革」前的巴金，曾經爲配合「政治任務」，創作缺乏錘鍊的散文，如《生活在英雄們的中間》、《保衞和平的人們》等；「文革」中的巴金，在數不清的批鬥之餘，曾隨波逐流喪失了追求理想與眞理的勇氣，他相信過假話，傳播過假話，也曾對別人落井下石過；但在「文革」後，他從解剖自己下手，絕不迴避自己的一份責任，終於爲中華民族留下了一本寶貴的「現代懺悔錄」。

八十年代的抒情散文風貌

八十年代大陸散文的品類、樣式較前幾年豐富、多樣。就其分類而言，抒情散文、隨筆散文都有長足的發展；就散文樣式而言，遊記、知識小品、趣味小品、日記、書信、序跋、雜文、散文詩等，也呈繁花爭妍的局面。

五十年代初期的抒情散文，爲數並不多，散文的題材、品種、形式都比較單調，不論在質與量上，均遠落後報告文學之後。當時管領文壇風騷的是魏巍、劉白羽、華山、楊朔等人的報告文學。到了中期，就有人提出「復興散文」的口號，要繼承「五四」散文的優良傳統，尤其要繼承「美文」的優秀傳統。由於《人民日報》等報刊的推動，寫散文、議散文、刊散文，很快就蔚爲風氣。其中，楊朔寫於一九五六年的《香山紅葉》被視爲「散文由寫事件向寫意境轉化的標誌。」（註㉔）

六十年代初，延續五十年代中期的「復興散文」活動，在特殊的社會歷史背景下，繼續發展散文，並形成繁榮的局面，抒情散文空前豐收，在隊伍的擴大、題材的廣闊、品種的豐富、風格的多樣，都頗有斬獲。筆者在「前言」中已論及此一時期散文創作的特點。

與前一期的散文相比較，六十年代初的散文最突出的特點是對詩與美的追求。許多寫慣了部隊生活、革命題材、勇進英雄的作家們，面臨寫作題材的轉型考驗，紛紛將寫作重點轉到抒情散文上來。前後變化較爲鮮明的如：「劉白羽，由對英雄業績的形象記錄，轉向自己對生活思考的深情抒寫；秦牧，既有『冷靜如鐵』的雜文小品，又開始創作那『柔情似水』的抒情散文。至於楊朔，則更鮮明地亮出拿散文『當詩一樣寫』的旗幟，影響所及，相當深廣。」（註㉕）這個時期，被視爲當代散文的「黃金時代」，留下了一些至今仍爲各種選本、教科書青睞的作品，如劉白羽的《長江三日》、《櫻花》，楊朔的《雪浪花》、《荔枝蜜》、《茶花賦》，冰心的《櫻花贊》、《一隻木屐》，吳伯簫的《菜園小記》、曹靖華的《憶當年，穿著細事且莫等閑看》……等。許多散文作家的藝術風格，是在這一時期臻於成熟，他們無遠弗屆的影響直到八十年代依然延續著。這個時期的寫作條件限制重重，導致以歌頌爲主題的抒情散文異軍突起，楊朔在散文集《生命泉》的「後記」裡，就曾說：

讀者也許會怪我說：從這本集子裡，看不出鬥爭的尖銳化。說得對。但是，或許你能從字裡行間，稍微聽到一些兒聲響吧？但願有一天，寫作條件允許我彌補這種缺陷。（註㉖）

楊朔的「缺憾」，在他生前並沒有得到彌補，六十年代中期險惡的政治環境，使作家的創作蒙上一張保護網，直到八十年代初，創作思想與環境才得到進一步的解放。

活躍於八十年代的文壇老一輩作家，爲數仍然不少，他們常以帶著內省與自剖的筆觸總結人生經驗，回憶災難歲月，其中如巴金的「隨想錄」系列，孫犁的「耕堂」系列，冰心的「關於男人」，黃裳的「行旅」系列，蕭乾、柯靈的「回憶」散文，陳白塵的戲說「幹校」系列……等，都以深湛的人生況味，在「新時期」文學佔得一席之地。其他還持續散文創作的老一輩散文家有：徐遲、吳組湘、郭風、秦牧、何爲、碧野、王西彥、劉白羽等人，但於這些作家年事已高，再加上對散文變革觀念無法充分掌握，有影響力的佳作較少。

八十年代散文的主力隊伍是一大批中青年散文家和跨行的小說家所組成，他們是「新時期」散文的中流砥柱和寄望所在。其中最引人注目的是賈平凹的「四跡」散文（註㉗），和劉再復、趙麗宏、謝大光、薛爾康、楊羽儀、和谷、袁鷹、徐開壘、艾煊、丁寧、張潔、宗璞、鐵凝、馮驥才、陸文夫、蘇晨、王英琦、唐敏、曹明華等人的作品。他們的眼界較前人開闊，藉著對我國古典散文、現代散文，以及對外國散文的學習、借鑑，致力於散文形式的創造和革新。

賈平凹的散文，集中寫於一九八一年到一九八三年。他喜歡寫從平凡中發現眞理的哲理性小品，引導讀者去思索人生，如《醜石》、《觀砂礫記》、《泉》、《地平線》等作。賈平凹大部分的散文，都致力於哲理的闡發。這種哲理闡發，可貴的是：「並非現成哲學結論的形象性注腳，並非美文寫成的講義，而是出自作家的特異感受和體察生活所獲得的獨到見解。」（註㉘）賈平凹也寫了不少生動風趣的遊記，他不滿足於對自然山水作「照相式」的描寫，他的遊記體散文，敏銳地抓住他所到之處的主要特徵，自然形象地描寫民風民俗之美，反映時代的精神風貌。

上海文藝出版社自一九八〇年編選《八十年代散文選》每年一册；人民文學出版社隔幾年就編選一本全國性的散文選集；作家出版社在一九八六、一九八七年底分別推出《十年散文選》、《十年散文詩選》；百花文藝出版社在一九八五年推出《當代抒情散文選》……。這些選集都有助於我們「披沙瀝金」，去了解八十年代以抒情爲主調的散文新風貌。

政治的晴雨表——雜文

雜文這種文體，興起於「五四」前夕，當時正逢社會急劇變動，有些作家透過隨感式的短文表達了政治見解及對社會的觀察與批判。一九三三年四月，何凝（瞿秋白）在《〈魯迅雜感選集〉序言》中，對這種文體發生的原因有原則性的論述：

急遽的劇烈的社會鬥爭，使作家不能夠從容的把他的思想和情感鎔鑄到創作裡去，表現在具體的形象和典型裡；同時，殘酷的強暴的壓力，又不容許作家的言論採取通常的形式。作家的幽默才能，就幫助他用藝術的形式來表現他的政治立場，他的深刻的對於社會的觀察，他的熱烈的對於民眾鬥爭的同情。不但這樣，這裡反映著五四以來中國的思想鬥爭的歷史。（註㉙）

這篇論文指出了雜文鮮明的社會意義，也揭示雜文的幾個特性：一是思想性，二是戰鬥性，三是批判性，四是即時性，五是諷刺性，六是煽惑性，七是爭議性。自二十年代以降，以魯迅爲首的作家，以雜文爲主要武器，「和讀者一同殺出一條生存的血路。」這種高敏感度的文體，被稱爲「時代的風雲圖」，「政治的晴雨表」。

五十年代中期和六十年代初期，隨著中共文藝政策的調整和當時政治形勢的轉折，雜文一度活躍，夏衍、鄧拓、吳晗、廖沫沙、馬鐵丁等人的雜文，曾經盛極一時，帶動雜文創作的繁榮局面。較具代表性的作品有：鄧拓的《燕山夜話》；鄧拓、吳晗、廖沫沙合撰的《三家村札記》；鄧、吳、廖與夏衍、唐弢、孟超等人的《長短錄》。

「文革」初期，《三家村札記》首當其衝，最早受到點名批判，被指爲「反黨反社會主義的黑線」，這種泛政治化的迫害，導致作家噤若寒蟬，視雜文爲畏途。一位在「文革」期間慘遭迫害的雜文作家康羣，就直率地談及對雜文創作的看法，他認爲首先雜文應是「勇敢者的藝術」，沒有勇氣就沒有眞正的雜文，鄧拓是雜文的第一個殉難者。其次，雜文又是「受難者的藝術」，包括艾青、蕭軍、王實味等，都因雜文被批判。搞雜文就要具備孟子說的「威武不能屈」的精神。（註㉚）

「文革」後，許多成名於三、四十年代的老作家，陸續出版雜文集，北京三聯書店就推出夏衍、聶紺弩、徐懋庸、秦似、廖沫沙的雜文集。湖南文藝出版社約請嚴秀、牧惠擔任主編的《當代雜文選粹》，自一九八六年起已出三輯，每輯十冊。各地的雜文學會也相繼出版作品選，如《上海雜文選》（一九七九—一九八三；一九八四—一九八六）共兩冊；《四川百人雜文集》等。重要的選集還有《中國新文藝大系・雜文集（一九七六—一九八二）》、《全國青年雜文選（一九七七—一九八四）》等。河北省雜文學會主辦的《雜文報》，創刊於一九八四年十月二日，是第一家以刊登雜文爲主的周報；稍後於一九八五年十一月創刊的《雜文界》雙月刊，目前由河北省雜文學會與北京市雜文學會合辦，以登載雜文理論文章爲主，是大陸唯一公開發行的雜文學術刊物，闢有「雜文研究」、「雜文家專訪」、「共鳴共爭鳴」、「雜文史話」等欄目。各省、市已成立十多個雜文學會，致力推動雜文的創作與研究。

從整體觀察，「新時期」的雜文創作量多而佳作少，具有轟動效應的作品屈指可數，其中以秦牧的《鬣狗的風格》、樂秀良的《日記何罪》和《再談日記何罪》（註㉛），曾引起較多讀者的反響。

《蠹狗的風格》其主旨在揭批「四人幫」的幫凶——「蠹狗式的人物」，並促其猛醒改善從惡。作者用嘲諷的筆法，生動形象地刻劃了蠹狗猥瑣難看的外觀、卑鄙行徑和凶殘本性。然後再借助傑克・倫敦小說中充滿蠹狗特點的第四種人，加深讀者的反感和痛恨。最後，筆鋒一轉，指出「在萬惡的『四人幫』橫行中國的日子裡，蠹狗式的人物，科學地說，實事求是，毫不誇張地說，是著實出現了一批的。」這批「四人幫」豢養的蠹狗具有如下的性格：

「四人幫」荒謬地拋出「文藝黑線專政論」，就有人奮拳捋袖，執戟前驅，一定要罵臭全中國的老作家。「四人幫」要把某一人拘禁起來，就有人唯唯喏喏，不但像個傳說中的「無常」似的，手持索鏈前往，不問青紅皂白，立刻把那人投入囹圄，而且「加以奉承」，還要拳打腳踢，毆破那人的腦袋，或者打斷那人的肋骨，借此「娛樂」一番。……蠹狗式的亦步亦趨，講穿了也很可憐，不過是為了「分一杯羹」，舐一點人骨頭的碎骨肉屑，踐踏一切原則，在所不惜罷了。

這篇作品以極少的筆墨，將豐富的知識性和濃厚的趣味性融入其中，維妙維肖地勾勒出形象輪廓，並達到表現主題的目的，也讓讀者受到極強烈的感染。

樂秀良創作《日記何罪》和《再談日記何罪》的動機，是因在「文革」浩劫中耳聞目睹許多人因日記被非法抄掠而鑄成冤獄的不幸遭遇，觸發了他為平反「日記罪」而仗義執言。他毅然揮筆，大聲疾呼：

> 日記無罪！因日記被抄家、批鬥、判刑的冤案應該徹底平反、昭雪。國家的法律必須真正保護公民的人身權利、民主權利，真正保障記日記無罪；保證日記不致成為抄家的目標，文字獄的罪證，保證日記的作者不會成為思想犯。

這篇文章發表後，許多因日記蒙冤者紛紛來信。其中有些多次申訴無效的蒙冤者，又透過作者熱心的安排，溝通了申訴、上訪、落實政策的渠道，最後喜獲平反。作者並把這些蒙冤平反的故事彙編成《日記悲歡》（湖南人民出版社，一九八六年）（註㉜）。像這類的雜文，作者在自覺，或不自覺中執行了申訴人和辯護律師的特殊作用，加速了「文革」後平反昭雪的工作。但一般的雜文作者缺少爭鳴的勇氣，素質也有待提昇；正確的說，雜文界猶未完全自歷史的餘悸中走出。一九八六年起在《雜文界》有一場雜文要不要「淡化政治」的爭論，正好印證了人們對「文革」的餘悸未除。

時代的「交響樂」——散文詩

七十年代末，散文詩的光芒，一度被傷痕小說、報告文學、朦朧詩所掩蓋，幾乎被人遺忘。八十年代初，散文詩以其短小的文體，迎合了現代人閱讀的需求，獲得了新生。在老散文詩家郭風、柯藍等人的推動下，自一九八一年起出版了「黎明散文詩叢書」五輯，共四十六冊單行本；《榕樹文學叢刊．散文詩專輯》，收入近百位作者約四十萬字的散文詩作品；此外，還有花城出版社的「曙前散文詩叢書」、秋原主編的「關東散文詩叢書」、李耕、秦夢鶯編的《十年散文詩選》等，對散文詩的普及助益極大。

一九八五年十月十三日，「中國散文詩學會」正式成立，至今已成立二十一個省、市分會，有近兩千名會員。一九八七年一月，《散文詩報》創刊，由柯藍任主編，專門發表散文詩作品和評論，至今已刊登一千多位散文詩人作品。（註㉝）劉再復形容這「大約是本世紀以來我國散文詩的一個最爲欣欣向榮的季節。」（註㉞）

八十年代的散文詩創作具有下列特點：一是創作的基調有別於五、六十年代的熱情謳歌，而轉向對歷史深沉的反思，其中「有對被摧殘的靈魂的追懷，有對荒唐歲月的告別，有對劫難中失落的愛的呼喚，有對人生失誤的懺悔，有對命運的抗爭和對醜惡的批判，……其基調不再那麼歡快，但也不是特別傷感，更多的是一種安慰和激勵受傷心靈的溫暖的情思，這也許是新時期反思文學中散文詩部分的最大特色。」（註㉟）同時也熱情地探究著生命現象，表現自己對時代的感受。

二是散文詩的文體得到進一步解放，開始出現多重變奏的組詩形式，有的是諸章組合，如雁翼的《上海遐思》（二章）、那家倫的《京華情懷》（三章）等；有的是諸段組合，如柯藍的《拾到的紀念册》（五則）、李耕的《雨的答問》（六則）。也有的作家嘗試寫報告體散文詩、長篇情節散文詩、敍事體散文詩等創新風格的作品；其中如鍾聲揚的《月亮在上空》堪稱是中國第一部最長的情節散文等，共有一百多個章節。

三、近年的散文詩已漸呈現牧歌式的鄉土意識弱化和都市意識增强的趨勢。表現手法較爲傳統的散文詩，常有過分膨脹懷鄉、思古、懷舊的情緒，並美化了遭到轉型衝擊的鄉土社會。在開放、改革的浪潮下，當前的大陸社會普遍都呈現都市消費性格，一些掌握時代動脈的散文詩，在作品中注入了新鮮的都市意識，爲散文詩的發表提供了另一個寬廣的藝術創作空間。（註㊱）

結語

「新時期」散文，伴隨著意興風發的小說、報告文學，走過稍嫌平淡、冷清的十四年，它究竟該往哪個方向走？眼看著原被歸屬散文一支的報告文學，掙脫舊有束縛，成爲新而獨立的文類；小說也伺機侵入散文地盤，成就了唯美浪漫的散文化小說。很多作家、評論家認爲散文也該學習小說，借助其他文類達到彼此互補的目的；另有一派認爲散文應該義正辭嚴拒絕其他文類入侵。趙玫文的文章中就提出了有關散文的「天問」：

（散文）能不能只是一個色彩的七巧板挽來拼去像搭積木？能不能把音樂雕塑圖畫舞蹈都拉了來像一個大雜燴？能不能從零開始又回到零完成一個永恆的輪迴？能不能打破舊時語言的規範把不相干的詞彙羅在一起？（註㊲）

散文創作有無限寬廣的空間和發展潛能，但首先作家要擺脫封閉的思維模式，從自我心靈的解放出發去打破過去陳舊的框框套套，超越傳統的格局，才能迸發强勁的思想衝力，寫出嶄新體裁和風格的新散文。

當前的大陸散文不能說沒有成就，尤其在「描繪感情的自然美、哲理美和日常生活之美」方面，都有很不錯的造詣，但誠如蕭雲儒所觀察到的：「相比之下，在捕捉提煉和表達現代工業、現代城市之美方面，就顯出了差距；我們的散文更多地描繪著或流露出和自然經濟聯繫在一起的生活形象、文化心態、感情意緒的散文卻較少，藝術上也不夠純熟。」（註㊳）蕭雲儒在讀了余光中的幾篇寫現代城市生活的散文，如《登樓賦》、《高速的聯想》等，鮮明地感到了台灣的散文在「氣質」上的變化，那種「恢宏的全球視角，嶄新的城市意識，對工業社會景觀的美的感受和濃縮，對現代生活音響、節奏、力度和速度的捕捉和再現，中西文化心態的强烈對峙和銜接，中西藝術手法、藝術語言的交融和反差等等」（註㊴），令他讚賞不已，從而得到散文創新的一些心得：

> 散文不反映新的時代是不行的，散文簡單的反映新的時代也是不行的。當代散文突破性變化要從散文家的內心世界，特別是文化心理和感情意緒的當代化中去尋求。（註㊵）

我們欣見兩岸文化交流中，兩岸作家評論家都能夠去欣賞、借鑑對方的長處，並從虛心的學習中，共同爲散文這個擁有悠久傳統的文類，再創新的高峯。

註釋：

①見《文藝報》總第六二四期，一九八九年一月二十八日；評獎揭曉名單見該報總六二三期，一九八九年一月二十一日。

②劉再復《散文自由談——〈中國當代散文鑑賞辭典〉代序》頁十，收入《中國當代散文鑑賞辭典》，中國集郵出版社，一九八九年六月。

③劉心武《散文地位》，載《文藝報》總第六一一期，一九八八年十月二十九日；該文亦收入劉著《一片綠葉對你說》（一

河北教育出版社，一九八九年十二月）。

④同註②。

⑤首屆「全國優秀散文（集）雜文（集）評獎委員會」副主任蘇予談話。見《文藝報》總六二四期，一九八九年一月二十八日。

⑥陳白塵《〈雲夢斷憶〉後記》，收入《雲夢斷憶》（三聯書店香港分店，一九八三年十二月）。

⑦白杰明《潛在的傳統——記大陸「新時期」的個性散文》，《文藝報》總五一三期，一九八六年十二月六日。

⑧洪子誠《當代中國文學的藝術問題》第十章〈散文的成績和困境〉，頁一六九。北京大學出版社，一九八六年。

⑨林非《散文創作的昨日和明日》，《文學評論》一九八七年第三期，頁三十九。

⑩同註②，頁五。

⑪黃浩《當代中國散文：從中興走向末路》，《文藝評論》一九八八年第一期。

⑫同註⑨，頁三十七。

⑬朱寨主編《中國當代文學思潮史》第十一章，頁五二三。人民文學出版社，一九八七年五月。

⑭二階段分法參考陳創業《新時期散文藝術嬗變》一文，載《當代作家評論》一九九〇年第六期（總第四十二期），一九九一年一月二十五日。

⑮范培松執筆《哀祭散文的春天》，收入《散文的春天——新時期十年散文二十五講》頁一五三，貴州人民出版社，一九八九年七月。

⑯《一封終於發出的信》，載《詩刊》第一期，一九七九年一月十日；《幽燕詩魂》，載《人民文學》一九七八年第十二期；《懷念蕭珊》，載香港《大公報・大公園》一九七九年二月二日至五日。

⑰此說參考《當代中國文學概觀》第二編〈散文與報告文學創作〉，頁一二五，北京大學出版社，一九八六年。

⑱劉再復《里程碑式的作品》，《文藝報》總第五〇三期三版「巴金《隨想錄》五集筆談」，一九八六年九月二十七日；同期，馮牧《這是一本大書》亦說：「這部巨著在現代文學史上，可與魯迅先生晚年的雜文相併比。」

⑲劉再復《作家的良知和文學的懺悔意識》——讀巴金的《隨想錄》，《劉再復集——尋找與呼喚》，黑龍江教育出版社，一九八八年九月。

⑳陳思和《現代懺悔錄——〈隨想錄〉：巴金後期思想的一個總結》，收入《筆走龍蛇》，業強出版社，一九九一年元月。

㉑巴金《〈隨想錄〉日譯本序》，收入《眞話集》（《隨想錄》第三集）頁九五、九六，三聯書店香港分店，一九八二年十月。

㉒巴金《〈探索集〉後記》，《探索集》（《隨想錄》第二集）頁一四三，三聯書店香港分店，一九八二年二月。

㉓同註㉑，頁九十五。

㉔張鍾等著《中國當代文學》第二章〈散文與報告文學創作〉頁八七，北京大學出版社，一九八八年一月。

㉕佘樹森編《當代抒情散文選》後記，百花文藝出版社，一九八五年七月。

㉖引自佘樹森編《當代抒情散文選》後記，頁四四二。

㉗指賈平凹四本散文集：《月迹》、《心迹》、《愛的蹤迹》（上海文藝出版社，一九八五年二月）和《人跡》（廣東旅遊出版社，一九九〇年六月）。

㉘費秉勛《賈平凹論》第十一章〈論賈平凹的散文〉，頁一三〇，西北大學出版社，一九九〇年五月。

㉙何凝（瞿秋白）《〈魯迅雜感選集〉序言》，收入《魯迅雜感選集》，一九三三年七月，青光書局。

㉚王金楚《「雜文是勇敢者的藝術」——訪康羣》，收入杜文遠、劉紹本、樓滬光主編的《雜文百家專訪》一書，學苑出版社，一九八九年十月。

㉛秦牧《鬣狗的風格》，原載一九七八年三月二十八日《人民日報》；收入《長街燈語》，百花文藝出版社，一九七九年九月。樂秀良的《日記何罪》，原載一九七九年八月四日《人民日報》；《再談日記何罪》，原載一九七九年十一月二十一日《人民日報》。

㉜李偉《要寫出符合黨心民心的優秀散文——二訪樂秀良》，收入《雜文百家專訪》。

㉝有關「新時期」散文詩發展近況，部分參考柯藍《中國散文詩的歷程》，載《文藝報》總七三二期，一九九一年三月九日。

㉞劉再復《八十年代散文詩一瞥》，一九八七年十一月二十四日載《人民日報》；本文爲《十年散文詩選》序，作家出版社，一九八七年十二月。

㉟同註㉞。

㊱本特點參考徐成森《新潮散文詩試論》一文，原載《貴州民族學院學報》頁三七—四三，一九八八年二月。

㊲趙玫文《我的當代散文觀》，原載《天津文學》一九八六年五月號。引自汪帆《散文繁榮要在觀念變革》一文，《當代文藝思潮》一九八七年第一期，頁一〇〇—一〇一。

㊳㊴㊵蕭雲儒《增强時代的活力》，載《人民日報》一九八八年一月十二日。

特約討論

挽悼文是傷痕，散文詩非散文

◉楊昌年 台灣師範大學國文系教授

首先我想談一談大陸上的散文之所以不如小說、詩歌的原因。一般來說，小說透過人物、情節，可以在不說明什麼的情況下說明主題；而詩歌，可以含蓄、精緻，朦朧表現，引起閱讀的興味。散文則介乎兩者之間，表意坦明，這必須是在容許自由心靈發抒的環境中才能有發展，而大陸正缺乏這種環境。

其次，我們在研討當代散文時，應該將其歷史淵承稍加說明，對承繼傳統的情形，加以探討。以下有幾點，我想提出來與陳信元先生研究。

論文中有一標題「挽悼散文」，雖是懷人，但其主旨恐怕還是在感傷批判吧！是否應歸於「傷痕文學」之列？另外，我不太同意將「散文詩」歸入散文中。在現代散文中已有「詩化散文」，是將詩的特質移來散文表現的一種新樣，如余光中、楊牧的部分散文即是，這是新的散文風貌。在現代，詩與散文已不易劃分，必須從質料上去區別，如果是非常精緻、含蓄象徵，詩質稠密的是詩，反之則是散文，這兩者是不同的。

〈綜合討論〉

政治道德文學，真實自由超越

無名氏（作家）：

由於時間所限，我只想針對陳信元先生的大作表示一點個人的意見。我覺得，整體而言，這篇論文很不錯，唯一的缺點，是只談大陸散文的優點，而不提其局限性或缺點。以巴金而言，他寫「隨想錄」是好的，可是劉再復說他講的都是眞話，以我在大陸上三十多年的經驗，巴金講的恐怕不完全是眞話。

我記得沈從文去世時，聯副上發表了一篇巴金懷念沈從文的文章，其中有句話說：「我怎麼有臉孔來見你！」這句話令我對他的印象稍有改觀。據我所知，在「文革」之前，將近二十年的時間，巴金一直是他們的幫凶、吹鼓手！等到「文革」時身歷其害，他才感到懺悔，因此他的「隨想錄」其實是「懺悔錄」，他肯寫出來，肯說這一句話，我覺得他還是有良心的。但要說他完全講眞話卻未必然。「隨想錄」只是部分眞實，而且只針對「文革」，對中共體制依然不敢批評。

張力（中研院近史所副研究員）：

周玉山先生論文的題目是很吸引人的，但是如此廣泛的名詞，顯然無法與其內容相配合。題目大，內容則嫌狹窄，只舉三篇文章是否能充分說明其主題呢？這三篇文章又是否能代表文中所指出的政治演變的三階段呢？這是我的第一個問題。

另外，我對張子樟教授的處理方式也深感欽佩，但我不禁有一感想，即中國文學作品中「殘酷」意識的造成原因何在？張教授在文中有提到，從模仿西方與作家心態上的差距，造成此類作品的出現，中國傳統的影響，文中也提到，但我認爲或許還有一點，即近代中國人的生活經驗造成的影響，如戰爭、西方力量的衝擊、傳統社會的解體等，這些是否也造成了相爭之後的「殘酷」局面的出現？其次，共產主義是否對「殘酷」有推波助瀾的作用，也很值得探討。從三十八年以後大陸情勢的發展，我們看到很多中國傳統社會裡沒有的東西，竟然會在共產主義的中國出現，這個現象不宜忽略，如果能針對這兩點再深入研究，對「殘酷」意識的來源將會有更清楚的說明。

周慶華（淡江大學中研所碩士）：

在周玉山先生論文中，有樂見大陸文學作品中的政治由强顯、次顯到漸隱趨勢的意思，雖然我也樂見，但對這樣的研究卻感到有點悲觀。基本上，這個討論預設了文學是受政治影響的立場，而這個預設將衍生兩個難題。一是方法學上的難題：文學與政治的關係，這一課題的本身很複雜，但周先生只提出單方面的影響，認爲政治影響文學，那文學是否影響政治呢？

這樣的研究將產生的第二個難題，是當政者可能原本並未意識到文學受政治影響，現在看了這份研究成果，反會對此特別留意，本來文學是單純的，但因有了這份自覺，說不定會去尋找那些作品中對他不利的言論，而給作家加上莫須有的罪名。因此，或許應換另一個角度來探討，才能避免上述兩項難題。

何偉康（作家）：

我覺得，對大陸文學的研究，我們是基於一個自由社會的文學研究者或作者、學者的態度來研究，最好不宜有預設立場，過多的政治約束，反而會對討論大陸文學有限制。因此，我誠懇地呼籲，在爾後大陸文學的研究中，大家最好放鬆、放開嚴肅的政治背景、立場。

我們曾經對阿城做過太多的揄揚，說他是哲學家、道家、老莊的研究者，這對阿城反會造成很大的傷害，他並不是這樣了不起的人物，他每寫一本書，都是經過很艱辛的歷程，充滿深沉的哀痛，大家如果從這一角度去看，或許會有另一番體會。因此，我有三點建議：

一、對社會主義、大陸人民的實質生活要有更深一層的認識。

二、大陸作品有濃厚的國家意識，例如「今夜大風雪」，一個人可以凍死在邊疆的邊界線上。

三、當我們看到了丁玲用手指頭去挖北大荒時，會產生很強烈的民族忍苦性的認同。

以上這三方面，我們應可做更進一步的探討。

周玉山：

張力先生提到拙作題目大，內容窄，我非常同意，但因字數限制一萬字，要想表達這百萬言的題目，我對論文同樣感到不滿意。周慶華先生的觀感都是很符合自由世界的觀感，可惜共產黨領袖從來不按照我們自由世界的思考方式來思考。文學要影響政治，這在大陸上是相當困難的，尤其是想影響統治者。此外，我們的討論，恐怕還不足以表達大陸當政者對文學留意的十分之一，他們拿放大鏡將「苦戀」分析到無以復加的地步，顯得我的分析是非常不足的。何偉康先生希望我們不要預設立場，要放鬆心情，我願聲明，我始終站在一個自由人的立場，超越黨派，絕不同意政治干涉文學，任何一個執政黨壓迫文學，我都反對，不管它叫國民黨，或是共產黨。

張子樟：

很感謝陳愛麗小姐的看法。我覺得，從某個角度而言，一篇論文往往是作者個人的偏見，因為他切入的角度不同，故對事物的看法也不同，我聽了她的說法感到有些訝異，沒想到文章的道德意味太重，其實我雖然提到，但並非由此角度出發。若要再深入探討，可能會觸及人性的善惡問題，但這個問題我不敢去碰，因為尚未獲得最後的定論。意識層面的問題，我承認還不夠周延，原因之一是字數的限制，還有寫作時間太匆促。

陳信元：

謝謝楊昌年教授的意見。我想針對他的問題提出一點個人不同的看法。首先是「挽悼散文」，其內容雖也屬於「傷痕文學」的一環，但在當代大陸文學史上，它的藝術成就可能較嫌粗劣，列入「傷痕文學」中可能不太適合。這一點我先說明。

其次，是散文詩的歸屬問題。文類是文學史上一項重要，卻又不易被探討清楚的問題，在寫本文之時，我也參考了大陸本身的很多資料，包括「全國總書目」、文學年鑑等，都是將散文、雜文、散文詩列入「散文」，只有「報告文學」因發展成就較高，故一般均以「散文及報告文學」為「散文」的大範疇。

蔡禎昌（文化大學副教授）：

我有三點意見：第一、研究大陸文學，必須站在自由作家的立場上，及馬列主義無產階級專政的基本性質上來討論，不然會走了樣。第二、大陸上只有政治影響文學，如果可以文學影響政治，那也成為自由社會了。這不是預設立場，而是事實如此。第三，中共政策性的文件很多，我們研究大陸文學的人，至少要看四項文件，即毛澤東在延安座談會講話、江青與林彪合作的部隊文藝座談會講話、鄧小平在第四次「文代會」上的致詞，以及最近由中共「文化部」等發表的「新文藝四條」。

向明（詩人、中華日報副刊編輯）：

有關「散文詩」，我有一點意見。方才楊昌年先生認為應歸入詩的範圍來討論，我覺得有待商議。對「散文詩」，我們一直有很多爭論，以我的看法，這是以散文的形式寫成的詩，是自由詩的多種形式之一，基本上應是詩，而非散文。但是，根據大陸上的「散文詩報」對讀者的答覆中提到：散文詩既非散文，亦非詩；既是散文，亦是詩，是中間地帶的產物，是獨立於所有文體以外的文體。因此，若將之歸爲詩，顯得不倫不類，同時從內容上看，這已不是詩，只是抒情散文而已。故將它列入「散文」似較合理。

齊邦媛（台灣大學外文系教授）：

我想請教張子樟先生一個重要問題。近幾年來，我常受邀演講台灣文學，但每次都有大陸的人問我，台灣與大陸文學的比較，其中至少有三次提到大陸上的「紅高粱」。這本書我看過：其「殘酷」令我印象深刻，但我並沒有深入研究。在論文中，張教授提到紅高粱「作者以血的腥甜氣息替祖先列傳」，這「祖先」指的應是北方，尤其是山東那一地區家族的祖先。我也來自北方，對北方淳樸的傳統多少知道一點，像這樣的「祖先」恐怕不多。我覺得，這只是現代大陸在「傷痕文學」後的一種新寫作手法，將場合、時、地做方便的利用而已，而非「以血的腥甜氣息替祖先列傳」。

曾祥鐸（中國晨報副總主筆）：

我很贊同張子樟教授的結論，認爲除了探討黑暗的一面，也要討論性善的一面，我並不覺得這是以道德立場在說教。至於巴金，我們可以求全責備，說他落井下石過，但到了晚年，他能做自我的譴責，已屬不易，還有許多老一代的作家，至今依然不敢講話。

張子樟：

我所謂的「替祖先列傳」，只是指他本身的部分祖先，而非一竿子打死所有東北人。在此特別加以說明。

（張堂錡記錄整理）

第二場論文發表會

這兩年中國大陸文壇明顯是寂寞多了，
文學轉向一種謹慎的思索、
較小心的主題構想
或僅於文體自身內的封閉實驗。

第二場主席致詞

◉林明德 輔仁大學中文系教授

呂正惠說女性，黃德偉道變貌

首先，簡單介紹這場論文發表與講評者。呂正惠教授，清華大學中語系主任，對大陸文學的關懷已有相當時日，並且經常訴諸於文章。今天他要探討的是大陸一位年輕作家王安憶小說中的女性意識。講評者是馬森教授，目前任教於成功大學中文系，擅長文學創作與批評。第二篇論文發表者是黃德偉教授，他任教於香港大學比較文學系，多年來在香港地區推展其理念，並與大陸「北大」、「北師大」多所接觸，對比較文學在中國的發展，做了相當大的投入，他今天要談的是兩年來大陸文學的變貌。講評者是為這次研討會貢獻心力甚大的淡江大學中研所李瑞騰教授。接著，請依次進行會議，謝謝。

論文4

●呂正惠 清華大學中語系系主任

王安憶小說中的女性意識

當代大陸女作家王安憶是一位才華橫溢的小說家，具有女性作家特有的纖細與敏銳，對社會現實也常有深刻的覺察與洞識，是大陸年輕一輩小說家中的翹楚。

跟一般大陸作家一樣，王安憶寫作速度很快，產量驚人。在八〇年到八六年之間，她每年寫一本小說集或長篇小說（八〇，雨，沙沙沙；八一，王安憶中短篇小說集；八二，流逝；八三，六九屆初中生，長篇；八四，小鮑莊；八五，海上繁華夢；八六，荒山之戀（註①）。）八六年以後的狀況限於資料，不太清楚，但應該也不會差到那裡去。面對這麼多作品，題材那麼豐富，處理的問題那麼廣泛，有些小說集又一時找不到，想要全面的論述她的小說是不可能的，因此，在這篇文章裡，我把討論的範圍限制在一個主題上，並選擇跟這一主題有密切關係的四個中篇來加以分析。

選擇「女性意識」這一主題並不是任意性的，因爲王安憶有一些重要作品明顯注意到女性的特質及殊殊命運的問題。王安憶的一些散文也可以印證我們這種直覺的感受，譬如，在〈男人和女人女人和城市〉這篇文章裡，王安憶開門見山就說：

> 很長的一段時間，我一直在想那麼一個問題：究竟，男人是怎麼回事，女人又是怎麼回事？

相隔兩段，王安憶又說：

> 女人生下來就註定是受苦的，孤寂的，忍耐的，又是卑賤的。光榮的事業總是屬於男人，輝煌的個性也總是屬於男人。豈不知，女人在孤寂而艱苦的忍耐中，在人性上或許早超越了男人。（註

②）

全篇文章就在這種基調裡，在充分意識到男、女的區別與不平等，意識到女人的獨特命運的方向下，詳細的表達了王安憶對女性種種問題的看法。有這樣的文章作爲佐證，我們選擇「女性意識」這一主題來討論王安憶的小說，就更加順理成章了。

在我所閱讀到的王安憶的作品中，跟女性意識有密切關係的是下面四個中篇：流逝、荒山之戀、小城之戀、錦繡谷之戀。第一篇〈流逝〉在社會小說的架構下，特別突出的描寫了一個女性驚人的適應現實、克服現實的能力；後面的《三戀》則在三種不同形態的戀情故事中，突顯女性的特質。因此，這四篇作品明顯可以分成兩組，底下我們也就分別加以討論。

一、

〈流逝〉的背景是文化大革命，王安憶描寫了一個資產階段的家庭在文革的衝擊下所經歷的前所未有的大變化：張家的每一個人都被捲入這場大變化之中，被迫的改變自己的生活習慣，痛苦的度過漫長的十年。在這整個變動過程中，唯一堅強的站立起來，試圖去克服種種困難，最後獲得成功的，是張家的媳婦，亦是本篇小說的女主角，歐陽端麗。

歐陽端麗這個富家少奶奶，原來什麼事都不用親手去做，每天的生活就只是打扮得漂漂亮亮，逛逛街，買買東西。現在生活全翻了過來，她必須一大清早就起床，趕到菜市場去排隊買菜、買魚。爲了貼補家用，她不得不學打毛線，幫人家打毛衣，不得不幫人家帶小孩，當起保姆來。這一切努力都還不足以解決經濟問題時，她就下決心去當女工，在陰冷的石庫門房子，慘白的日光燈下，做一種機械性的繞線圈的工作。

除了一手撐起全家的生活之外，歐陽端麗漸漸的也成了全家事務的主宰。她的小叔文光要到黑龍江插隊落戶，小姑文影爲了同樣的原因要到江西去，所有一切的準備工作都由她負責。文影爲了家庭成分以及遠在外地插隊，爲原來的男友所拋棄，經神開始不正常，因此而產生的痲煩也全由歐陽端麗去處理。

對這每一個轉變過程，王安憶都有生動的描寫。特別是在歐陽端麗跟工宣隊吵架的那一場景，我們看到她已變成一個獨立的女性。工宣隊來家裡動員歐陽端麗的女兒多多去插隊落戶，歐陽端麗堅決不肯退讓。在工宣隊的一再糾纏下，

端麗火了，一下子從板凳上跳起來：「多多的出身不好，是她爺爺的事，就算她父親有責任，也輪不到她孫囡輩。黨的政策不是重在表現嗎？你們今天是來動員的，上山下鄉要自願，就不要用成份壓人。如果你們認為多多這樣的出身非去不可，你們又何必來動員，馬上把她戶口銷掉好了。」

這一席話說得他們無言以對，端麗自己都覺得痛快，而且奇怪自己居然能義正辭嚴，說出這麼多道理，她興奮得臉都紅了。

他們剛下樓梯，多多就從箱子間衝了出來。剛才一聽媽媽吵起來，她就嚇得躲進了箱子間，關上門，也不怕悶死。多多衝著媽媽說：

「什麼什麼呀！你這樣對待工宣隊，我要倒楣的。」

「倒什麼楣？最最推板就是插隊落戶了，再壞能壞到哪裡去？」

文耀（端麗的丈夫）抱著胳膊看著她，搖頭說：「真凶啊！怎麼變得這麼凶，像個賣小菜阿姨。」

「都是在工場間聽來的閒話，」多多嘀咕，「真野蠻！」（註③）

就像這一個場景所描寫的一樣，歐陽端麗在每一次的轉變中都感覺到自己獲得了一種前所未有的能力，她爲此感到驚異與興奮，並因此更增加信心，讓她更能夠去面對下一個困難，在解決每一個困難之中一步一步地找到自己。譬如，在幫人家看小孩的時候，她才第一次深刻的感受到一個女人餵養孩子的滋味（她自己生的三個孩子都是奶媽帶大的）。又如，她第一次到工廠工作，「看見從自己手裡繞出了一個個零件，整整齊齊地躺在紙盒子裡，又興奮又得意。」（註④）

相對於歐陽端麗的肯在生活中學習，肯在學習中得到自我滿足的快樂，她的丈夫文耀就顯得完全無能了。譬如下面兩段描寫：

「有些用不著的東西，賣掉算了。」

「對，就這麼辦！」文耀高興了，剛才還山窮水盡，這會柳暗花明，他以為可以一往無前。於是翻了一個身，呼呼地睡著了。他在學校以瀟灑而出名，相貌很好……他會說，和他在一起很快活……而到了如今這個沒得玩了的日子，端麗發覺他，只會玩。

「唉！」文耀嘆了一口氣。到了如今，他只會嘆氣。端麗發現自己的丈夫是這麼無能。過去，她很依賴他。任何要求，任何困難，到了他跟前，都會圓滿地得到解決。其實，他所有的能力，就是父親那些怎麼也用不完的錢。沒了錢，他便成了草包一個，反過來倒要依賴端麗了。他翻了一個身，緊緊地抱住端麗。（註⑤）

最能看出王安憶在小說中極力貶抑男人的積極性的，是文耀和他的弟弟文光兩人互相推諉的那一幕。他們的妹妹文影得了精神病，獲准從下鄉之地回上海，但須到江西辦手續。這時候，兄弟兩人表演了一場精彩的好戲：

「讓二弟去吧！他在家橫豎沒事，並且又是出過門的人，總有數些。」文耀提議。

「我？不行，江西話我聽不懂，如何打交道。」文光很客氣，似乎除他以外，其他人都懂江西話似的。

「還是哥哥去。哥哥年齡大，有社會經驗。」

「我要上班呢！」

「請假嘛。你們研究所是事業單位，請事假又不扣工資。」

「扣工資倒好辦了。正因為不扣才要自覺呢！」文耀頓時有了覺悟，「弟弟去嘛，你沒事，譬如去旅遊。」

「我和鄉下人打不來交道，弄不好把事辦糟了。」

兄弟倆推來推去，婆婆火了。

「反正，這是你們兩個哥哥的事，總不成讓你們六十多歲的爹爹跑到荒山野地去。」

「哥哥去，去嘛算了！」

「弟弟去，弟弟去，弟弟去了！」

端麗又好氣又好笑，看不下去了，說：「看來，只有我去了。」

「你一個女人家，跑外碼頭，能行嗎？」婆婆猶豫著。

端麗苦笑了一下：「事到如今，顧不得許多了。總要有個人去吧！」（註⑥）

在這一幕裡，患難中逐漸成長的歐陽端麗，很有象徵意味的把張家的兩個男人都比下去了。

但是，這個逐漸培養出自信與獨立性格的歐陽端麗，卻在文革結束以後，面臨角色轉換的困難；在慢慢回復到過去的樣子時，她開始有了迷惘與感傷的感覺。我們可以從兩條線索來描述這種心境，即：她的女性形象的變化，以及她和丈夫的關係的演變。

歐陽端麗在轉變以前，原是一個小鳥依人的傳統女性。關於她的「原始形象」，王安憶如此描述：

她的頭髮很厚，很黑，曾經很長很長，經過冷燙，就像黑色的天鵝絨。披在肩上也好，盤在腦後也好，都顯得漂亮而華貴。（註⑦）

對於這一美好形象的喪失，王安憶透過歐陽端麗和她的小姑文影的一段對話，略微表現她當時的心境。

「真的，你穿一套灰色的西裝，領口上別一朵紫紅玫瑰，頭髮這麼長，波浪似地披在肩上，眼睛像星星一樣，又黑又亮。那時我五歲，都看傻了。」

「是嗎？」端麗惆悵地微笑著。

「我覺得你怎麼打扮都好看。記得那年你媽媽故世，大殮時，你把頭髮老老實實編兩根辮子，還是很好看，怪吧！」

「有啥怪的。人年輕，怎麼都好看。」端麗決計打斷小姑的追憶，她不忍聽了，越聽越覺得眼下寒傖，寒傖得叫人簡直沒勇氣活下去……（註⑧）

隨著家裡困難的增加，歐陽端麗越來越投入生活之中，越來越沒有時間想到過去的自己，這個問題也就逐漸淡忘了。但是，在文革結束以後，她們家又重新得到財富，終於有一天她注意到十年的艱辛在她身上遺留下來的痕跡：

……很久沒有細細地打量自己，鏡子裡的形象生疏了——頭髮的樣式俗而老氣。眼睛下面不知什麼時候悄悄地垂下了兩個淚囊，嘴角鼻凹又是什麼時候刻下了細而深長的紋路？面頰的皮膚粗了，汗毛孔肆無忌憚地擴張開來，她情不自禁地抬起手撫摸了一下臉龐。這時，她看見了自己的手，皮膚皺縮了，指關節突出了，手指頭的肉難看的翻過來頂住又平又禿的指甲，指甲周圍，長滿了肉刺。

感覺到了自己在形象上喪失了什麼以後，歐陽端麗力求彌補，她到理髮店重新整理自己。當一切都結束以後：

她對著鏡子出了好一會兒神。鏡子裡的形象，她既感到陌生，又感到熟悉。她欣慰地發現，自己還沒老到不可收拾的地步。

「蠻好，蠻好！」文耀站在她身後，滿意地說，把她從迷茫中喚醒了，她羞澀地一笑，站了起來，下意識地挺直了腰。無意中瞥見櫥窗裡自己的影子，她很滿意。自我感覺變了，變得十分良好。她想，還可以再好好地生活一番。

形象的恢復，使她對另一種新生活似乎充滿了信心，而丈夫對她的欣賞，好像也暗示了他們可以尋回從前的夫妻關係。

在文革期間，當她已實際成了一家之長以後，他們的夫妻關係已經變成這樣：

她這會兒比以往任何時候都更愛她的家庭，家庭裡的每個成員：任性的多多、饞嘴的來來、老實

厚道的咪咪，還有那個無能卻可愛的丈夫。她覺得自己是他們的保護人，很驕傲，很幸福。（註⑪）

在這裡，她簡直已經成了一家之長。這種無形中培養出來的地位，使她在文革結束以後，當她公公獎賞她一筆大錢，以酬勞她十年來的辛苦時，斷然地自己想作決定，不要這筆錢。這讓她和丈夫產生了一場小小的口角：

「你的主意真大，當場就回脫爹爹的鈔票。」

「是爹爹給我的，當然由我作主。」

「我是你的什麼人啊！是你丈夫，是一家之主，總要聽聽我的意見。」當家難的時候，他引退，如今倒要索回家長的權力了。（註⑫）

不過，這種夫妻之間的矛盾並沒有深化。當歐陽端麗發現自己在十年艱苦之後的蒼老時（前面已引述過），丈夫撫摸著她的頭髮，輕聲安慰說：「別難過，這十年，我們要贖回來。」

端麗從鏡子裡端詳著丈夫，她似乎又看到了十多年前那個風流倜儻的丈夫，他瀟灑自如，談吐風趣而機智，渾身洋溢著一種永不消褪的活力。她愛他。（註⑬）

這樣一來，夫妻之間的緊張關係就如輕煙般消失了。當她重新在理髮店整理容顏後，當丈夫用愛憐的聲調說：「蠻好，蠻好！」時，她似乎又回復十年前那個小鳥依人的妻子了。

不論在形象上，還是和丈夫的關係上，歐陽端麗在文革後的改變似乎都輕而易舉。這好像證明，她在十年動亂期間所經歷的變化只是表面的，並沒有讓她深刻的反省到男、女之間的關係，以及作爲女人的更本質性的問題。然而，事情也沒有那麼簡單，因爲回復從前生活的歐陽端麗似乎總欠缺了什麼，讓她還有一些遺憾。她一直想把工場裡的工作保留著，說是怕發生第二次文革。但我們可以看出，她對十年動亂的生活，是不能沒有一些懷念的，畢竟這是她發揮自己能力，當家作主的日子。她自己雖然想不明白，但我們讀者知道，這裡面確實表現了男、女關係的一些根本問題，小說以輕微的感傷的語調結束，正恰當的表現了作者對這一問題的深刻挖掘但輕描淡寫的加以收束的態度。這種餘音裊裊的尾聲，雖然沒有那種將衝突表面化的悲劇力量，但也自有一種東方式的抒情品質，正如東方女性的歐陽端麗，以傳統女性的方式體會到了她的問題，但又輕輕地加以放棄。

二、

〈流逝〉基本上是一篇社會小說，王安憶想要透過文革的鍛鍊，來呈顯人在磨難中憑自己的力量尋找到自我認同及自我尊嚴的過程。可是很湊巧，在小說中達到這一目標的竟然是一位本性柔順的女性，而不是她一向所依賴的丈夫。在作這種「英雄」角色的選擇時，我們發現了王安憶有意或無意中流露出來的女性意識。

跟〈流逝〉性質截然不同的是王安憶較晚近的作品《三戀》，《三戀》的三篇故事寫的都是男、女之間的情愛糾葛。這三篇故事很有「試驗」的味道：王安憶把男人與女人的關係放在三種不同的情境下加以發展，想要藉此了解，男、女之間的感情可以具有什麼樣的狀態。在這樣的戀愛故事中，我們可以更清楚的看到，王安憶特異的女性意識。因爲正是這一特異的意識，無形中影響了王安憶對於小說中女主角性格的選擇，從而也影響了男、女情感發展的方向。

按照《三戀》所處理的男、女關係的性質來看，〈荒山之戀〉和〈錦繡谷之戀〉主要以「情」爲主，而〈小城之戀〉則以「慾」爲主。〈小城之戀〉的題材較爲特殊，其中所涉及的女性意識也較爲單純，因此我們先討論〈小城之戀〉。

〈小城之戀〉的男、女主角是劇團裡的小角色。他們從小在一起練舞，彼此互相幫助。剛開始他們完全沒有意識到男、女之間的差別，但漸漸的，他們感覺到對方「異性」本質的存在。他們的關係日漸緊張，他們在彼此協助練舞的時候越來越不自然，最後只好逃避開，各練各的。但是，他們終於熬不住「性」的誘惑，而發生了關係。他們日漸沉淪，耽溺於其中，感覺到深沉的罪惡感而不能自拔。

從較開放的社會觀點來看，這是一篇非常怪異的小說，男、女兩人的慾望那麼强，罪惡感又那麼深，簡直把「性」看成罪大惡極的東西。不過，王安憶把兩者之間的緊張關係描寫得極其生動，讓人有一種透不過氣來的窒息感。

表現出王安憶的女性意識的是小說的結局。最後，極力想要從慾望和罪惡感的折磨中超脫出來的是女主角，她先是考慮自殺；在自殺的企圖因心理恐懼而歸於失敗後，她意外的發現自己懷孕了。懷孕以後，她心中的母性開始勃發。對於肚中的胎兒的保護之心，使她很容易的就克服了心中的慾望。在孩子出生後，她一心一意的養育小孩（雙胞胎），在母性的光輝中，完全洗淨了「性」的誘惑。

跟女主角比起來，男主角就差勁多了。在女主角企圖自殺而開始躲避他以後，由於慾望與自尊的雙重煎熬，他變得極其焦躁。等到孩子出生，女主角沉浸於母親的角色而確定不再需要他的時候，他就完全墮落了。後來他雖然結了婚，但婚姻也以失敗告終。在這場克服與超脫慾望及罪惡的「競爭」中，證明女人絕對優於男人。

這篇小說在情節設計上不能說沒有缺點。首先，實在看不出兩人爲什麼不能以結婚來結束不正常的性關係。王安憶雖然有些說明，但顯然不能令人信服。其次，在男主角發現女主角懷孕並生產後，王安憶並沒有足夠的機會來讓男主角當丈夫或父親，就很快的「宣判」他失敗「出局」，反過來說，這正足以說明，王安憶恰恰是要以這樣的設計來證明，女人在人性上超越了男人。

在〈男人和女人　女人和城市〉那篇散文裡，王安憶曾經很詳細的談到，因爲生命是由女人的身體中孕育出來的，所以女人便能夠「將男人甩在了身後，飛快地卻孤獨地超越了。（註⑭）」〈小城之戀〉可以說是印證了這一理念的一篇小說。

女人雖然在人性超越了男人，但很不幸的，社會卻把她制約在一條極爲狹窄的生活甬道裡，使她對愛情產生了一種超乎尋常的執著。對於這一點，王安憶在〈男人和女人　女人和城市〉裡有極精彩的分析，她說：

男人對外界有著過重的責任：功名、孝道、傳宗接代，對外界便也有了同樣繁多的需求，因此他不可能像女人那樣在愛情的戰場上輕裝上陣，全心全意忘我獻身……男人的理想是對外部世界的創造與負責，而女人的理想則是對內部天地的塑造與完善，就在男人依著社會給予的條件全面發展的時候，女人只有一條心靈的縫隙可供發展，於是女人在這條狹小的道路上，走向了深遠的境界。可惜的是，女人的範圍畢竟太過狹小了，且沒有外部世界的生活作後盾，一旦戰敗，便一無所有，一整個人性都沒了落實與寄生。（註⑮）

這裡所强調的女人的生活和愛情的關係，王安憶在《三戀》的其他兩篇裡，透過虛擬的故事，極精彩的表現了出來。

〈錦繡谷之戀〉基本上是以捕捉女主角內心感受爲主的、不太具有故事情節的故事。小說一開始，王安憶描寫了女主角（一個年輕的文學雜誌編輯）已經陷入單調、無聊境地的婚姻；丈夫找不出什麼缺點，但女主角就是常常沒來由的會大發一頓脾氣。在很偶然的機緣下，女主角被派到廬山去參加一個筆會。在筆會裡（時間共有十天），女主角認識了一個全國聞名的男作家，和他產生了一段奇異的感情關係。

這一段感情的實際狀況到底如何，我們並不太清楚，因爲所有的細節都是透過女主角的觀點呈現出來的。事實上，實際發生的事件並不重要，重要的是女主角內心的感受。王安憶眞正要描寫的是，女主角如何沉浸在自己所以爲發生的「愛情氣氛」中，全篇最精彩之處也就在於：對女主角如夢似醉的浪漫心境的捕捉。譬如，在下面一段裡，王安憶透過女主角和男作家一起看山的經驗，來表現女主角如何「覺得」她和男作家已經心意相通了（這是他們感情發軔的初始）。

> （大家都擁到了陽台上），她與他相隔了兩個人站著，互相竟沒有看上一眼，在興奮的喧嚷中靜默，以他們彼此共同的靜默而注意到了對方，以及對方無言中的體察。這時候，他們覺得他們開始對話了，不，他們原本就一直在對話。他們在不企圖傳遞的時候，反倒傳遞了消息，傳遞了霧障後面山的消息，湖的消息，和同在霧障之後的他們自己的消息。在這一堆爭相對話的人羣中，恰恰只有這兩個無語的人對上了話。他們才是真正的互相幫助著，互相補充著，了解了山和水，他們無為而至的體驗與獲得要超過任何一個激動不安的人。她為自己的沉靜深為驕傲，為她看懂了山色而驕傲，也為恰恰是她和他都沉靜著因而也都看懂了山而更深更深地驕傲，卻又微微戰慄著有些不安與困惑。連她都隱隱地覺著，要有什麼事情發生了。（註⑯）

整個愛情「事件」都是透過這樣的筆調描寫出來。這與其說是「發生」了什麼，不如說：女主角在內心感覺裡「以為」發生了什麼。對女主角來講，當婚姻已經趨於公式化之後，她所想追求的就是一種新鮮的、浪漫的愛情經驗。這種經驗不一定在現實中發生，但可以在與人接觸的過程裡，從自己心中「想像地創造」出來。

女主角原來並不了解這一點，她相信眞的發生了愛情。筆會結束，回到家裡以後，她一直盼望男作家來信，可是信並沒有寄來。失望之餘，她突然頓悟：

她在同所有的普普通通的早晨一樣的一個早晨裡，想通了這樁事情。想通之後，她冷靜了下來，方才發現自己也並沒有給他去信，他同樣也留給了她一個地址，她是可以給他去信的，他們本應該同時去信的，那才是真正的兩心相通啊！（註⑰）

所以，實際上什麼也沒有發生，愛情原來只「發生」在女主角的心中。

透過這種獨特的表現方式，王安憶讓我們看到，女主角如何盼望生活在「愛情」之中。當愛情變成婚姻，當婚姻變得平凡之後，她就需要另一次的愛情。在「廬山事件」中，她這樣想：

夫妻間的一切是太裸露了，太不要費力了，也太不須害羞了，而有多多少少令人心曠神怡的感覺是與害羞同在，一旦沒了害羞，便都變得平淡無奇了。有時，她也會運用懶惰的頭腦，回想起與那男人（指丈夫）最初的接觸，可她絞盡腦汁也想不起，也想像不出，這個男人有什麼理由會使她害羞的，這個男人似乎是同她與生俱來，一胞所出。她不覺得他是個男人，同時也不覺得自己是個女人。現在，她遠遠地，穿過了大半個屋子，望著他（指男作家）夾了香煙，撥弄著煙盒的手，她重新發現了男人，也重新意識到了，自己是個女人，她重新獲得了性別。呵，他昨天是如何激情洋溢地抱吻她啊！一個女人被一個男人所愛，是極樂！（註⑱）

「錦繡谷」的愛情是過去了，但是，從這一愛情的性質來看，女主角在以後的生活裡一定還會發生類似的愛情，原因就在於：女人時時需要有新的愛情來讓她感受到生命的存在，這就是〈錦繡谷之戀〉透過它特異的藝術的表現方式所要告訴我們的。

不過，整個看起來，〈錦繡谷之戀〉的女主角對於愛情的執著還是「靜態」的，是內心的迷戀，而不是外在的熱烈的追求，不是全副生命的投注。對於後面這一種愛情，王安憶以另外一篇小說〈荒山之戀〉來加以描寫。

從結構上來看，〈荒山之戀〉可能是《三戀》之中最不成功的一篇。這一篇涉及的範圍太廣，頭緒太多，沒有像其他兩篇一樣，把焦點集中在一對男女身上。不過，〈荒山之戀〉卻創造了《三戀》裡最生動的女主角，就有關女主角這一部份而言，王安憶寫出了跟本文主題有關的最精彩的部份，因此，以下的討論也將集中在這一部份上。

這個女主角的愛情的發展，可以分成三個階段。在第一階段裡，她從母親那裡學到了「顛倒眾生」的手腕，從小就可以把周遭的男孩子（甚至男人）玩弄於股掌之上。這時候她的「愛情哲學」是這樣的：

> 她只是喜歡和男孩兒玩，和男孩兒一起，比女孩兒自己擱一處有趣得多。她的打扮有觀眾了，她的眼神有對象了，她的生活有目標了似的……和了男孩兒在一起，頓時自如起來，到了家似的。頓時有了靈感，會生出意想不到的小手腕，變幻莫測的表情，意味無窮的巧嘴兒。自己都沒有預料的，簡直成了一種藝術的創造。假如，騷情也算藝術，那麼她便是一個一流的藝術家。（註⑲）

女主角就憑了她一流的騷情媚態的「藝術」，盡情的發揮她青春的生命，並且把周遭的男孩子一個個的迷得失魂落魄。她常常在睡覺與幻想中憐憫他們，同情他們，甚至擁抱他們。但她最大的樂趣是，讓他們一個個落荒而逃，灰頭土臉。如果說，男權社會把女人的生命全逼到愛情這條狹窄的甬道上，使她成爲「以色事人」的附屬物；那麼，她就是男人最了不起的創造物，了不起到足以迷倒所有男人，以男人所期望的方式，反過來駕御了男人。也就是說，她的旺盛生命力在男權社會所許可的規範下發揮到了極致。

然而，這還不是她最後的目的。她一直想找一個棋逢對手的男人，好好的跟她較量一下「愛情遊戲」。她認爲，仗著權勢與財富去誘惑女人的，根本算不上男人，

> 好男人應該是赤手空拳，什麼身外之物也不憑靠，就憑著自己是個男人，把女人搶到手。（註⑳）

她要找的就是這種男人。終於，她遇到了，於是，發生了一場驚天動地、慘烈無比的「愛情戰爭」。這場戰爭陷入前所未有的膠著狀態，雙方都不肯認輸，明明愛著對方，卻找不到「下台階」，好讓彼此握手言和。

有一天他們在路上迎面撞上，彼此開罵起來，男的罵女的「婊子」，女的罵男的「你娘婊子，你是婊子養的」，

> 罵著罵著，冷不防，他抽了她個嘴巴子，臉頰火辣辣的，卻有一種快感，她也回了個嘴巴子。旁人這才起鬨，上前要拉扯他們。她掙著嚷：「礙你們婊孫養的什麼事，快滾！」他掙開手，一把拽住她，對眾人說：「兩口子的事，你們蹭什麼便宜？」她心裡猛一顫，眼淚不知怎麼下來了。眾人們笑著罵著散了開去，天也黑盡。不知什麼時候，他們哆哆嗦嗦地抱成一團，什麼話也沒了。月亮這才升起。（註㉑）

於是他們結婚了。只有這個讓她耗盡她的全副愛情遊戲力量的人，最後才成爲她的男人。

但是，她的生命力並沒有全部用完，她的生命力也不可能沉澱在一個平凡的婚姻生活中。婚後，她繼續不斷的跟周圍的男人打情罵俏，並不認眞，但也缺少不得，不然生活就顯得很無聊，很沒目標似的。

他的丈夫非常了解她的個性，想辦法把她的工作調到一個較偏僻、較少青年男子的地方。在這裡，她遇到了一個非常內向、羞澀、木訥的音樂家。她常常去找他閒扯，撩撥他。沒想到，時間一長，雙方竟然相愛起來了。這是一場絕望而熱烈的戀愛，因爲雙方都有了家庭，而且，她的丈夫不可能跟她離婚，而音樂家的太太則又賢慧到音樂家絕對不敢要求離婚，於是他們就這麼絕望的相愛著。

最後，音樂家的太太想盡辦法把先生調到遠地，他們不可能有機會再見了。眼看著分手在即，後會無期，她把音樂家帶到荒郊野外，

「你跟我來，不後悔吧！」她噙著眼淚問他，那一顆眼淚像珍珠一樣嵌在睫毛之間。

他微微笑著搖頭。這時候，他就像一棵沒根的枯草，自己已沒了意志，隨風而去。

「我們生不能同時，死同日。」她堅決地說，那淚珠晶瑩的閃耀著。她消瘦了，不再豐腴，露出了骨節，可卻頓時有了靈氣。

女的自己吃了藥，然後餵男的也吃了藥，

「抱住我的脖子。」她溫柔地在他耳邊說。

他抱住了她的脖子，軟軟的胳膊，緊緊地圍住她的頸項。他覺得好像是很早很早的幼年，抱住母親的脖子似的。

她將他倆的身子纏了起來。她一道一道地纏著毛線繩子，溫存地問道：「疼不疼？」

他無力地搖搖頭。她便吻他。

繩子終於到了盡頭，她用嘴幫著打了牢牢的死結，然後輕輕地說道：「乖，躺下吧。」

他們一起躺倒在又陰涼又軟和的草地上。（註㉒）

這個女主角以「愛情」形式所表現的旺盛的生命力，終於在一個軟弱的男人身上找到了全部發揮的地方，而以殉情告終。

這是一個悲劇「英雄」，她敢用最激烈的方式實踐生命。不幸的是，她是一個女人，在環境的限制下，她只能盡情的去「狐媚」男人，盡力的去和男人玩愛情遊戲，最後，用盡力量的去抓住一個也許不值得她愛的男人，和他一起去死。正如王安憶所說的，女人的生活只能落實在愛情上，而男人又向外追求，不以愛情爲滿足。於是，最强悍而不可征服的女人，在某種社會環境下，也許只好擁抱個最軟弱的男人來實現她最高、最熾熱的愛情追求罷。王安憶說：

> 女人在愛情的戰場上，難有勝利的時刻，抑或也會有勝利的例子……這勝利裡又有幾分真正的「勝利」可言？（註㉓）

她在寫到〈荒山之戀〉的結尾時，也許應該想到這幾句話。

總結來看，在〈流逝〉裡，王安憶描寫了女人的能力如何勝過男人，在〈小城之戀〉裡，她又讓我們看到，女人的人性如何超越男人。但是，這樣的女人，卻在男權社會裡，不得不以追求愛情爲人生的一切，如〈錦繡谷之戀〉和〈荒山之戀〉的女主角一般，並且還須以「一無所獲」告終。即使王安憶的女性意識不以現代西方的女性主義的方式表現出來，但也足夠强烈到讓我們深思的了。

註釋：

①以上說的是寫作時間，至於出版時間，則如下列：雨，沙沙沙：一九八一；王安憶中短篇小說集，一九八三；流逝，一九八三；六九屆初中生，一九八六；小鮑莊，一九八六；海上繁華夢，一九八九；荒山之戀，一九八八。

②《荒山之戀》，二四三頁，香港南粵出版社，一九八八。

③《雨，沙沙沙》，一〇〇——一頁，台北新地出版社，一九八八。

④同上，八十五頁。
⑤同上，三十六頁，四十九頁。
⑥同上，一〇九—一一〇頁。
⑦同上，二十五頁。
⑧同上，二九—三〇頁。
⑨同上，一一五頁。
⑩同上，一一八頁。
⑪同上，九十四頁。
⑫同上，一一三—四頁。
⑬同上，一一五頁。
⑭《荒山之戀》，二四四頁。
⑮同上，二四五頁。
⑯《小城之戀》，四〇—四一頁，台北，林白出版社，一九八八。
⑰同上，一〇〇頁。
⑱同上，六十八頁。
⑲《雨，沙沙沙》，二一〇—一頁。
⑳同上，二一〇頁。
㉑同上，二三三頁。

㉒同上，二九一—二頁。
㉓《荒山之戀》，二四五頁。

特約討論

討論女性主義，區分有意無意

◉馬森 成功大學中文系教授

自從西蒙・德包娃（Simone de Beauvoir）於一九四九年發表她的「第二性」（le Deuxième sexe）以來，「女性主義」（Feminism）遂成爲半個人類追求覺醒和爭逐權利的標幟。因爲有「女性主義」，自然也就產生了「女性主義文學批評」（Feminist Literary Criticism）。不過從事這一批評的，多半是女性自己，我很高興看到呂正惠先生以男性的文學理論家來研究女性小說家作品中的女性意識，可見女性文學批評已逐漸成爲女男兩性都可以從事的顯學。

女性主義的文學批評既然來自女性主義，自然帶有對抗男性統治的色彩，甚至可以說以對抗男性爲達到女性解放的手段。首先要反的是父權制度（Papriarchy），其次要糾正的是因父權制度而衍生的文化現象，諸如「雄性中心論」（Phallocentrism）、「理性中心論」（logocentrism），以至二者相結合的「雄性理性中心論」（Phallogocentrism）。最有名的例子是奧爾森（Tillie

Olsen）、穆爾斯（Ellen Moers）、邵瓦特（Elaine Showalter）諸女士對吳爾芙（Virginia Woolf）女士作品的研究。

呂先生的分析很細膩，也很中肯，使我讀後同意王安憶的小說中確是存在著明顯的「女性意識」。如果容許我對他的論文有所建議的話，我覺得也許應該把其中無意識所流露出來的女性意識和有意識借著小說來宣揚的女性意識區分開來。當然，這樣的區分並不容易，不小心會流於妄自猜測；但是這種區分是重要的，儘管區分得不一定全部正確，但是會提醒我們無意識和有意識的女性意識之間到底有什麼區別，而區別的理論和例證又是什麼。如此，肯定會提高這篇文章的理論性。

女性主義的文學批評在國內尚屬少見，我眞高興看到呂教授能超越性別的障礙，來爲我們開闢一個新園地。

論文 5

兩年來中國大陸文學的變貌

● 黃德偉 香港大學比較文學系教授

這兩年中國大陸文壇給人的初步印象是：「可讀的作品和評論大大的減少」——一些在兩年前還活躍的所謂「新寫實」小說家都沒發表什麼作品；聽說好些在寫長篇，顯然有些改寫散文或隨筆。一般文學刊物發表的作品不是帶有政治目的（表態、諂諛、宣傳……），便是爲了賺取稿酬（寫流行的現實生活題材，如公安、土地、工商等，或寫通俗、傳奇小說）。還繼續發表的純文學作品大概只有那些表面上毫無政治內涵或意圖的實驗性小說，進一步觀察便會發現種種蹟象顯示文壇從喧鬧歸於沉寂、從亢奮變成疲軟、從藝術追求走向商品推銷。這狀況從八九年一直延續到九一年三月中宣部、文化部和廣播電視部聯合發出的《關於當前繁榮文藝創作的意見》後更形深層化，這「腳鍊」式的「意見」（强調以「四個堅持」，尤其以馬列主義、毛澤東思想作爲文藝界的指導思想，强調反自由化，强調在文藝界進行組織、思想和作風的整頓）以具體的糾「軟」政策向作家加重壓力，企圖迫使到能寫的不能發表，能發表的都是爲政治服務的。近幾月來，電影《焦裕祿》的表面宣揚、張賢亮《習慣死亡》的思想批判（「全面地審判中國共產黨，審判黨所領導的社會主義新中國，審判古老而年輕的中華民族……從這個意義上說，作品堅持的是反對四項基本原則的立場」）便都積極展示了中宣部「繁榮創作」的基本策略。還幸電視劇《渴望》、《圍城》的觀衆反應，冰心在《羣言》雜誌的呼籲（爲中國的政治和文化發展提供「空氣和環境」），夏衍在中南海召開的文藝界元宵座談會上的發言（指出把文藝界說成「自由化的重災區」是根本的錯誤），以及王蒙、蘇童等作家的獲《小說月報》第四屆百花獎都暗示或提出了「反意見」。所以，表面上一大批曾爲大陸十年文藝繁榮作出重大貢獻的老、中、青作家被整肅得無膽無心搞創作，精神處於極度壓抑的狀態，實際上他們可能只是「沒勁兒」，說不定會從精神疲軟恢復過來。這種難以摸透的現象同樣反映在理論界。如所周知，《文藝報》和《文藝理論與批評》是變化的焦點刊物，前者強調「正本清源」，也就是要恢復到過去的一套，而後者主要是「反擊資產階級自由化」，帶有「批判」性，先後批判了李澤厚、劉再復、王蒙以及「重寫文學史」、「多元化」、「毛澤東現象」等很多人和事。不過，對於整個中國文壇來說，這只是一種表面的態勢，並沒有得到真正的、深層的反響。應該看到，除了政治原因之外，這種情況實際上是把過去文壇上一直存在著的人與人、派與派之間的矛盾借一種形式表面化了。所以這種情況雖然表面上氣勢逼人，但實際上對作家對批評家的衝擊比以往小得多，失去了真正的效力。拿中國的一句話來說，就是「走資派還在走」，大多數作家並沒有真正改變自己的思路。

所以說，中國文壇仍潛伏著一種創作的勢頭和力量，很多作家在寫自己的東西，這些東西也可能一時出不來，但是總歸是存在的。不過，現在問題是在中國作家本身的素質方面，是否能夠真正衝破一些局限，這些局限主要是自我的，是長期的生活和教育環境造成的，那種東西造成的局限性愈到日後就愈會顯示出來，而人們又不容易覺察。比如在思維方式方面的詭辯，缺乏一些基本的現代文明觀念等等。

有人認為目前中國文學正處於一種「轉換期」——新時期老一輩作家如王蒙、張賢亮等已發揮盡了，張承志、賈平凹、韓少功一批已到達極點，開始受制於自身的素質，新一代余華、洪峯、王朔等功力與思想準備不足，更好的作家可能會出現在現年二十多歲的一批人身上。我倒並不這樣看。中國還是缺乏比較厚實的作品，但首先取決於作家的個性堅強程度，因為從現在起，我認為，中國其中一個主要的問題是一個「信仰危機」問題——中國人到底信什麼？……

顯然，這一切主要與中國近年來的政治形勢有關，這在中國，也許歷來如此。但是，除此之外，也有另外一些因素值得注意：第一，隨著商品經濟的發展，除了政治仍然對文學過於敏感外，人們已普遍不像過去那樣看重文學了，這就使文學失去了所謂的「轟動效應」；第二，一九八五年以來文壇大大熱鬧了一陣子，後來就沒勁了，人們似乎覺得調子已經唱盡，再就很難找到更新的鼓舞人心的調子了；第三，文壇「收緊」，大批判氣氛越來越濃，作家心理不舒暢，流落國外的太多。

但是，「精神疲軟」也好，「文學滑坡」也好，中國當代文壇近年來並非是「一無所有」，更不是空白一片。很多作家仍然在創作、文學雜誌上依然有不少好的作品出現。而我在這裡著重想談的是一批新作家和新創作，即繼王安憶、賈平凹、鄭義、馬原等人之後，文壇又出現了王朔、劉震雲、池莉、儲福金（〈我是一個魔術師〉，《小說家》，一九九〇年第五期；〈重影〉，《作家》，一九九一年第二期）、許傑清（〈初戀沒有故事〉，《作家》，一九九〇年第二期）、李曉、葉兆言、余華（〈偶然事件〉，《長城》，一九九〇年第一期）、方方、格非等一批引人注目的作家。儘管這批作家在個性、思想、風格等方面並不一致，在創作路數上也未必屬於一派，但是從外表上來看其中表現出一個比較明顯的創作傾向：不必認真和玩世不恭。

所以，我很想借用一個外來詞來稱呼這種「不必認真」的創作：中國的嬉皮士（hippies）文學。當然，中國文壇的這批嬉皮士並不一定偏愛奇裝異服和髮型，更不會去吸大麻反對一切限制；他們在單位、在家庭，很可能是極守規矩的人，至多不過是喝點啤酒瘋癲一陣，在出外開會時亂發幾句厥詞而已；然而他們在內心卻有一種生活在「社會之外」的感覺，從而對這個社會的一切既定的價值觀念表示藐視和諷刺，以一種我行我素、玩世不恭的態度來介入社會、介入文學；他們似乎把一切都看得很輕，下決心不再去承擔一切精神重負，一切都當成玩笑，一切都可以用來玩，而用不著做任何解釋。

應該說，這種嬉皮士文學是近些年文壇上「玩文學」的一種極致。剛開始有點「玩味」的是劉索拉，而後來玩得最痛快的是王朔，所以王朔的小說被稱之為「痞子文學」是情有可原的。王朔小說創作的最大特點就是「沒正經」——沒正經話，沒正經事，人活著沒正經道兒。如果說劉索拉的小說中還有一種潛在的理想追求，那麼在王朔的筆下則是一片文化的荒蕪，沒有理想，沒有信念，沒有高雅，只有字裡行間的玩世不恭。這種情景從〈玩得就是心跳〉開始，一直到〈頑主〉、〈一點正經沒有〉（後兩篇收入《王朔諧趣小說選》，北京：作家出版社，一九九一）、〈千萬別把我當人〉（《鍾山》，一九八九年第四、五、六期）等，都是如此。王朔的這種「玩」，可以看作是一種精神逃避，一種自輕自賤，也可以看作是一種「識時務」的小聰明。表面上看似乎是一種輕浮和不理世俗，實際上卻藏著複雜和老練的生活體驗。說得深一點，王朔是在跟社會，也跟自己耍無賴，多少帶著點流氓氣，好在這一點，王朔自己也不忌諱，他在〈頑主〉、〈一點正經沒有〉中多次提到「流氓作家」一詞，一再把流氓和作家等同起來。

這種嬉皮士文學的另一個突出表現是認同世俗。在〈一點正經沒有〉中，王朔曾寫到過「一切文學都是玩」，但是沒說到底「玩什麼」，而王朔自己所「玩」的確實不是什麼高尚的東西，而是道道地地的世俗。在這一點上，很多作家或許都有相同之處，但是在心緒上實有明顯不同。例如，和王朔相比，劉震雲的小說也在玩味世俗，但是充滿著一種理想的失落感。近年來，劉震雲先後寫了〈塔鋪〉、〈新兵連〉、〈單位〉（《北京文學》，一九八九年第二期）、〈一地雞毛〉（《小說家》，一九九一年第一期）等小說，雖然帶著一種調侃、幽默的筆調，但終究有掩飾不住的苦楚。就拿最近發表的〈一地雞毛〉來說，作者有心是要在世俗生活上做文章，寫一對大學生夫婦如何應付日常生活的種種經歷，在這種經歷中，他們逐漸從一對有志向的年輕人「演變」到了平庸之輩。這本來是一個值得抱怨的話題，但是作者也許深知「認真不得」的道理，因此盡量採取一種滿不在乎的態度來自描。讀劉震雲的小說，可以明顯地感受到二種不同的情緒線索，一種是「對什麼都不在乎」，另一種是「對什麼都得在乎」，前者表現的是我行我素，超脫世俗的冷眼旁觀，後者則是必須面對的世俗，包括豆磨變餿，為調動工作送禮請客，討好領導啥事都做，賣鴨子、偷水等等。作者似乎是用「對什麼都不在乎」的態度表現「對什麼都在乎」的人生，又好像是在「對什麼都在乎」的生活中追求一種「對什麼都不在乎」的境界。讀者不同，「讀」出的嘗味不同。

如果再從深一層來講，把這種「滿不在乎」的文學和西方的嬉皮士扯在一起，多半有點牽強，因為這幫作家的吊兒郎當也好，滿不在乎也好，一點沒正經也好，畢竟不是無拘無束，超越傳統束縛的表現，而恰恰相反，恰恰是在一種「認真不得」情況下的一種心理反作用，乾脆回過頭來欣賞和玩味自己不能逃避的卑微、庸俗和墮落。使自己的心理獲得平衡。如果你經過「文革」就會聯想到這種情景：人們說我是混蛋，那麼我最好承認，我本來就是混混混蛋，該死得不得了，全世界就剩下我一個了。

我們不難發現，幾乎所有中國文壇上的嬉皮士都在說：崇高在哪裡？信念在哪裡？真實在哪裡？我們原來就不崇高、沒信念、沒真實，改造不了歷史，也負不起什麼使命，我們只是活著，唯求一點開心。

就此說來，這種中國的嬉皮士文學和中國當前的文壇疲軟現象聯繫得最為緊密，也許正是人的精神疲軟到了再不能疲軟階段的一種意識反彈。所以說，中國當前的這種嬉皮士文學又在某種程度上反映了中國的國情和民情，反映了人的精神狀態，尤其是一部分年輕人的精神狀態。

儘管如此，這種嬉皮士文學仍然沒有給中國當代文壇帶來多少希望，相反，它一方面刺激了人們的精神，另一方面則繼續瓦解著人們對文學的信仰。這種不認真的文學態度及其這些作家的處境，都不能不使一些人深深擔憂。確實，某種危險性是存在的，而原因也許正存在於這些作家自身的狀態：㈠他們多半是在一種不健全的教育環境中長大的（儘管有的是受過大學教育），有的並沒有接受過真正意義上的現代教育，所以活到三十歲左右，處世的經驗已很豐富，但是未必對人類文明和文化的一些基本概念有真正的理解和接受，也就是說這層意識是一種歷史的欠缺，所以「玩」到最後會失掉一切，打破限制就會成了藐視一切文化和人類基本精神；㈡由於缺乏現代教育，理想失去了支承點，如果不能向前走的話，轉來轉去就會回到老路子老圈子中去，再去欣賞使自己欠缺的那種生活及其觀念意識；所以「玩」表面上是現代，實際上最容易和最舊的東西合為一流；㈢從作家的處境來說，「玩」得再盡興，首先得吃飯，而吃飯很可能成為唯一可留存的「最高信仰」，所以不再相信一切高尚、信仰和認真是可能的，但是不吃飯是不行的（而且想吃得好一點），因此「玩」到最後，玩世不恭到了極點，就會真正落入世俗——實惠成了人生

和文學的最高信條。在這方面，王朔可能是一個最好的例子。當然，這是一個特殊的例子。（以上是大陸甲學者的一些觀感）

其實，精神疲軟的文學體現也是一種喧鬧，一種別於文學政治、經濟化的單調枯燥的喧鬧。無可否認，

這兩年中國大陸文壇明顯是寂寞多了，這寂寞是文學深入中的積蓄抑或是文學發展中的短時段退卻，這只好由歷史去加以說明。

這種寂寞首先表現在創作上的平靜，原是一番頗有景觀的藝術探索和主動的創造實踐、力爭中國文學走向世界而鼓起過的陣陣浪潮現在已風息浪止，文學轉向一種謹慎的思索、較小心的主題構想或僅於文體自身內的封閉性實驗。且這兩年文學刊物上發表的作品，藝術質量有所下降，甚至那種多年來不被人理睬的說教式的概念化作品如今亦可在刊物上發現。

中國大陸自粉碎「四人幫」之後，文學發生了一個根本性的變更。在一九八五年之前，文學過於沉重地承擔著思想和精神前驅的角色，諸多的社會問題、政治見解、各種各樣的哲學思潮和文化思考，都最早地以文學為載體而傳播出來，造成了一陣又一陣的「社會轟動效應」，形成了世界文學史上難以見到的億萬人爭購爭讀文學作品的奇觀，也構成了大陸這十幾年來文學迅速更疊、浪頭交錯的繁榮景象。「傷痕文學」對於當代封建矇昧主義的控訴和批判；「反思文學」對於當代中國政治的歷史反省；「尋根文學」對於重鑄民族精神和民族性格的思索；張辛欣、劉索

拉、徐星等青年作家對於當代中國都市青年生存狀態的情緒化表現，無不在文壇和廣大讀者中攪起陣陣波瀾，引出陣陣躁動。而一九八五年之後，文學依然銳氣不減，且更多地轉向藝術自身的探索，馬原、洪峯、莫言、殘雪、余華、蘇童、格非、葉兆言、北村等一伙新潮小說派的文體實驗和語言的顛覆性操作，以及他們作品對於現代生存境遇的敘事體驗，都表明了大陸這十幾年來文學當代性、探索性和藝術性的持續進展。但這兩年，那種迅速更疊的階段性的文學蛻變已經消失殆盡，羣體性的藝術探索也不復存在。過去十幾年內，幾乎每一年都會有一批為人所關注的作品產生，但這兩年則難以發現藝術上有新意的成功之作，成批好作品的產生更是不可能。雖然長篇報告文學《無極之路》有過一陣社會反響，但其效應主要在於作品所反映的社會現實問題上，離藝術的成功尚有一段不小的距離。

一個時期的文學繁榮總是與創作羣體的活躍相聯繫的。但這兩年，一批新時期大陸文壇上最為活躍的作家，似乎都「退」出了文壇，他們的名字，越來越少出現在文學刊物上。中國大陸自粉碎「四人幫」以來，文壇的創作生力軍是很能讓人鼓舞的。這支創作隊伍主要由三部份人馬組成：一是由五七年被打成「右派」而後平反復出的中年作家組成的隊伍（包括那些沒有被打成「右派」的中年作家）他們有王蒙、高曉聲、張賢亮、張弦、鄧友梅、劉心武、張潔、諶容、鄭萬隆等；二是一批經歷過文化大革命和上山下鄉運動的知識青年，像張承志、韓少功、鄭義、賈平凹、王安憶、張辛欣、鐵凝、殘雪等；還有一批是以這些年大學畢業的青年為主幹的創作新生力量，像劉索拉、洪峯、余華、格非、蘇童、北村、遲子建、葉兆言等。這三撥人馬各有自己的時代烙印和生活的軌跡，文學觀也各有差異。十幾年來，他們各自以某種相對共識的題材、主題和風格，在文壇上各領風騷，交替掀起一浪又一浪的創作高潮。但這兩年，這三撥人已近潰不成軍，有不少人到了國外，留在國內的作家也大都作著較長遠的打算，沒再發表什麼作品。有的在構思創作長篇，像莫言就應了出版社的長篇之約；更多的人則在靜心的讀書思考，作著文學的反省和調整。目前尚能在期刊上較頻繁出現的則是那幾位文體實驗派的青年作家，像余華、格非、蘇童、葉兆言、北村，但從九〇年下半年之後，他們名字出現的次數也是減少了許多。像這樣一批活躍的作家的一時沉默，無疑使得整個文壇有一種空前的寂寞感。

與此相關聯的是文學刊物的不景氣。這兩年，文學刊物的發行量大幅度下降，尤其像《人民文學》這樣的權威性刊物。這裡有的刊物發行量減少是與商品經濟的衝擊有很大關係，但刊物所發表的作品不再吸引讀者則是重要的原因，尤其像《人民文學》這樣的權威性刊物，其發行量下降的原因主要是後者。還有，原先有些較受廣大讀者歡迎的刊物也因了這樣那樣的原因被逼停刊了，像《文滙月刊》、《文學角》、《書林》，以及更早停刊的《小說選刊》、《當代文藝探索》、《當代文藝思潮》等。不少文學刊物（主要是北京的刊物）的主編、副主編都由組織上作了撤換，辦刊的方針和刊物的風格也起了變化，從欄目的設置和所發表的作品看，目前刊物藝術探索的稜角在被磨平，而政治的方向在得以加強。

但寂寞並不就等於衰敗。雖然這兩年文壇的景氣不如往年，但僅以一九九一年初文學刊物發表的作品看，還是能透露出一點不讓人完全失望的創作信息。《鍾山》一九九一年一月號上依然推出一組「新寫實小說大聯展」，發表了讀者熟悉的劉震雲、葉兆言、高曉聲和蘇童創作的長、中、短篇小說。《鍾山》近幾年注意發現和展示文學創作的新績，鼓勵藝術上的新探索，由此也提高了雜誌的聲譽，「新寫實小說」業已倡導了幾年。《上海文學》繼續著「當代性、探索性、文學性」的宗旨，九一年二月號上除了發表王安憶的新作《妙妙》和賈平凹的《煙》之外，還重點介紹了儲福金的中篇《人之度》，這部作品寫出了人內心世界的分離，描寫了現代中國人的苦惱和尷尬，有一定的深刻性和複雜性。而像余華、蘇童、格非、北村等青年作家的文體實驗之作，也還常常能在《收獲》、《上海文學》、《鍾山》和《作家》等刊物上讀到。這表明作家的藝術追求仍然沒有停止，一些刊物的精神和風格也沒發生太大的變更。

這兩年大陸文壇的寂寞無疑與政治方面的因素相關聯，但將此寂寞完全歸結於政治力量的干預並不是一種很客觀的說法，在經歷了十幾年轟烈熱鬧、思潮疊起的階段之後，大陸文學也自然到了一個冷靜思索和選擇的創作低谷期。

從政治方面看，大陸文藝界被認為是這些年來自由化思潮和錯誤思想的重災區，這兩年，文藝界出版界大抓反對資產階級自由化，進行思想整頓和組織調整。有的出版部門被責令檢查，有的刊物被停刊，《人民文學》等一些主要文學刊物的主編、副主編被撤換。隨著劉再復的「文學主體性」等理論被批判，王蒙的文學多元化的觀點也遭到批評。最近，「一九九一年四月十八日」《中國教育報》又刊出北京大學董學文的文章，對張賢亮的長篇小說《習慣死亡》進行嚴厲批判。《習慣死亡》是張賢亮近期的重要作品，發表於一九八九年夏季的《文學四季》上，寫的是主人公章永璘浪跡海外，險些溺於聲色之中，最後於撫今追昔、演示未來中頓悟了人生的歸宿。這是張賢亮沉默兩年後拿出來的長篇，可看作《綠化樹》和《男人的一半是女人》的續篇，在敘事上有對現代技巧的探索和嘗試。小說發表後曾為《中篇小說選刊》（福建）選載，卻不像前兩部作品那樣引起大的反響。至一九九一年，《作品與爭鳴》一月號上才轉載了兩篇觀點針鋒相對的評論文章。一篇是曾鎮南發表於《廈門文學》一九九〇年七月號上的「閩海評論界」上的文章，文章認為《習慣死亡》是一部向人們的生存習慣、感知習慣和審美習慣進行尖銳、大膽挑戰的力作，無論對張賢亮本人的創作生涯還是對中國當代文學的發展進程來說，都具有碑碣的意義。另一篇文章題為《論脫光了的章永璘》，指責小說的內容既「黃」且「黑」，其堅持資產階級自由化、反對四項基本原則的政治傾向性，並不比《河殤》差多少。而四月十八日董學文的文章更為嚴厲，該文認為這部小說是「全面地審判中國共產黨……，對毛澤東的揶揄、奚落和謾罵挖空心思，極盡能事」。董文還特意指出，文藝界是自由化危害甚烈的災區，文藝創作中的許多問題至今並沒有得到認真清理。董文雖然沒有引起太大的回應，但則表明大陸文藝界的思想清理和整頓仍在進行中，這就給文壇帶來了某種緊張感和緊縮的氣氛，造成政治思想上的壓力和創作上的心理阻礙。所以目前大陸作家的創作不是變得謹慎小心，盡力繞過社會敏感區域，便是不肯輕易把自己完成的作品拿出來發表。而編輯對於文學作品的把關也極為慎重，尤其對與意識型態相關的內容更是卡得緊，寧缺這樣的作品也不冒政治風險。今年大陸不少文學刊物都開闢了「紀念中國共產黨成立七十周年徵文」的欄目，有位作家應徵寫了部中篇，題材取自於一九二九年閩西的鬥爭史實，牽涉到毛澤東、朱德、陳毅、林彪等重要歷史人物的生活鬥爭情況。小說送到某刊物主編手裡，主編看了則不置可否，只好以「難以把握」為由退稿。這「難以把握」很能體現目前編輯和作家的某種政治恐懼心態。這種情態，固然會使文壇緘默一陣的。

除社會政治原因外，這兩年大陸文壇的寂寞也是文學自身發展中一個必然要經歷的階段。這最近十幾年來大陸文壇的熱鬧景象實際上也是一種文學的躁動。改革開放，將中國的大門一下子打開了，這樣，世界上各色各樣的文化思想、哲學思潮和文學觀念，無論是古典的還是現代的甚或是後現代的，統統橫向共時地湧進了大陸。而剛剛從幾十年的畫地為牢中走出來的人們，對於那湧進來的各種東西，都感到新鮮，感到可取，他們還來不及加以辨識和擇取，就將它們視回拯救的妙藥。於是便出現了這樣的現象——凡有什麼思潮、觀念進入大陸，便會有成羣的人為之張揚為之實踐；人們的自己的經驗、自己的感知甚至只是出自於求新求異的心理，尋找各自的思想參照。因而，人文主義、現代生存哲學和後現代的無中心無自我理論，這些歐洲經歷了幾百年時間先後出現的東西，竟然在中國十幾年的時間內被草草地搬演了一番。由此大陸這十幾年的文學便出現了如此迅速更疊變化的態勢和如此多元共存的局面。但這畢竟是一種精神和心理的浮躁，文學要經歷這樣的階段，但則不可停留於這樣的階段。所以，當各種思潮各種文學流派被學習被仿效而幾乎統統被搬演一番之後，人們就會冷靜下來檢討自己，重新思索和尋找自己民族文學的發展道路。在這樣的時候，文學創作自然而然會出現一段低谷時期，文學要寂寞一陣子，這也是不足為怪的。（以上是大陸乙學者的一些看法）

由於大陸的當代文學創作與文學理論研究的關係特別密切，要深入了解近兩年的文學現狀便得同時審視評論界的一些情況和困境。以下是大陸丙學者就這方面提出的局部考察結果：

•歷史的定格

一九八八年，兩位年青的理論研究者曾合作撰寫了一篇題為《劉再復現象批判》的長文，刊發在當年的《文學評論》第二期上，引起理論界的注目。這篇文章不僅針對劉再復提出的「人物性格的二重組合原理」和「論文學的主體性」，指出其理論的不足與局限，而且將這位當時理論界的風雲人物作為一種文化現象加以剖析。儘管文學的理論闡述仍顯稚嫩，對文化現象的思辯厘定尚失粗疏，可其意旨卻是十分明顯的，即指出：在舊理論城堡上空飄揚的人道主義旗幟已顯得蒼白無力，當今的理論建設將面臨著重新開拓一個嶄新的世界。

時隔三年，在《文學評論》一九九一年第二期發表的《評新時期劉再復的文學理論觀》一文中，這兩位年青的理論研究者已被指責為是「劉再復的同道們」，是「個別論者」，而且「這種論調」只是「給劉再復設置了一道保護的樊籬」，「劉再復的心其實是與某些『批判』者提出的指向是相通的」。這或許是人們始料而未及的，更饒有趣味的是，這篇文章的作者所持的理論批判利器，恰是當年那兩位年青理論研究者批判的對象——劉再復所批判的理論。

歷史似乎給人開了一個不大不小的玩笑，頗帶辛辣的嘲諷意味。彷彿科幻小說中臆造的「時間隧道」，成了現實中真實的存在，人們可以穿越這「時間隧道」返回當初的始發點，去重溫昔日的歲月。顯然，這只是一種人為的歷史定格。所謂歷史的定格，指在運動變化中，本應自然消亡而淘汰成更新的事物，在某種特定的條件下，又重新復現並定格在歷史的瞬間。新近在中央電視台播放的「綜藝大觀」節目裡，久違的《金光大道》和《青松嶺》的樂曲和畫面又復現在銀屏上，即歷史定格之一例。

歷史的定格，在近兩年有關文學理論探討的文章中，亦不乏鮮例。翻閱諸多文學報刊雜誌，這類文章往往以顯赫的標題，居於報刊的突出位置，大致可歸為以下幾種：其一，即席發言，談心得體會，屬表態性文章，以及闡釋某一政策的文論導讀；其二，批判資產階級自由化在文學界的具體表現，其中以理論和報告文學為主要對象；其三，闡述馬克斯恩格斯文藝理論和毛澤東文藝思想，涉及一些美學問題和創作理論的問題；其四，提倡現實主義，論及真實、典型等問題。

評判理論是非不是筆者能力所企及的。可是，綜觀這類文章，卻有兩種傾向頗值得深思和探討。首先，歷史的定格成了文學理論發展前行道路上的障礙，其結果是將固有的理論奉為楷模，重新遁入舊的思維模式之中。就馬克思恩格斯文藝理論和毛澤東文藝思想而言，迄今為止，尚未見到一篇較完整系統地加以論證闡釋的宏篇博論，或是全面綱領性的理論文章，更不用說富有時代特色和歷史創造性見解的。儘管有的文章標以「藝術哲學」、「美學原則」，或冠以更大的「論」，然而盛名之下，其實難符，頗令人遺憾。究其根由，一方面，系統嚴密的思想體系，在這些論者的手中往往成了支離破碎的零散斷片。在這類文章裡，幾段經典文獻的摘抄，既成了批駁他人觀點的武器，也為自己理論建構的龐然大架找到了支撐點。尤其是論者往往以一種自命欽定的身份，壟斷了闡釋經典和語錄的話語權，借此來劃定文學理論探討的界限。另一方面，在具體的論證操作過程中，以經典闡釋經典，以片言只語來籠統涵蓋整體思想，這已成了駕輕就熟的方便之門。而真正能運用理論來深入詳盡地剖析當前文學現象的則極為鮮見，更多地仍執迷於對十九世紀的作家，如巴爾扎克、托爾斯泰等的人云亦云的分析。任何文學理論的形成與發展，是與創作實踐密不可分的，也必須合符時代與歷史的律動，方顯出其強大的生命力。而馬克思主義的精髓之一，是理論聯繫實際，在這類文章中則被遠遠擱置一邊。當新生的文學現象紛至沓來時，

「看不懂」、「讀不懂」既是一些「學而不思」，「溫故知新」的人手中之矛，也是他們手中之盾。可見，歷史的定格是人為所致，而反過來，歷史的定格又使他們陷入理論自身的闡釋循環這座自建的迷宮中。

與此相異，就現實主義而言，論述的文章則給予無限度的闡釋，使其能涵蓋古今中外，包容文學萬象，任何一家的理論和創作，在「現實主義」這面大傘之下，都能尋覓到一席庇蔭之地。可是，若細加辨析，二者雖貌異則神同。因為在這類文章中，存在一種「現實主義」的共通模式，那就是於五〇—六〇年代成熟完形的「現實主義」理論的固有模式。實際上，這依舊是歷史的定格使然。以固有的模式來評判、衡量，乃至套用一切的文學現象，不僅有削足適履之嫌，更幾乎使現實主義這特定的文學創作方法失去其自身獨立的價值和意義。顯然，這無益於對豐富的文學現象的把握，也無助於文學創作的自身發展。

其次，歷史的定格還體現在理論具體構成的操作方法上。意見不同的爭執辯論，這本是文學理論學術爭鳴的正常現象，從某種意義上說，文學理論的發展完善端賴於各家之說的互補構成，因而，學術爭鳴是不可少的，也是無法避免的。可是，在這類文章中，理論爭執已溢於學術爭鳴之外。讀者可以從中依稀辨認出許多熟悉的影子：類似「破中有立」的批判；「非此即彼」的簡單判斷；以及抓其一點，擴及其餘，掘其本質，全面否定，等等。這一切都不禁使人們回想到那本應忘卻而又不應忘卻的充滿硝煙味的年代。

自八十年代始，當人們剛從那場民族浩劫的文化禁錮中解放出來，痛定思痛，無不致力於撥亂反正的理論探討。如果說，其時的理論操作方法上還多多少少存留著某些「大批判」的影響；

那麼，隨著理論問題的廓清，這種「大批判」的幽靈已被人們逐漸拋棄了。繼方法熱、觀念熱、文化熱的接踵出現，加之各種思潮及異域理論的湧入，理論界已無法滿足於對固有文學理論的修正與復原，更多的在思考，如何掙脫固有思維模式的束縛，如何大膽地吐納中外古今各家之說，從而建構一片理論的嶄新世界。其時的理論操作方法，都投注於新理論的建樹，即使涉及對固有文學理論的批判，也都建立在理性的思辯基礎上，從而達到揚棄的目的，這包括就「人物性格二重組合原理」，「主體性」，「新儒家」等理論展開的學術爭鳴。然而，當文學跨入九十年代的門檻，人們卻在歷史的定格中重新窺見了昔日醜陋的自我，這委實值得深思。

•選擇策略

任何文章都得借助於報刊雜誌，才得以公諸於世。有人戲稱，編輯大人不僅操縱著作者的生殺大權，而且還能在文壇上呼風喚雨。這種說法雖有失偏頗，卻也道出個中的奧秘，即從某種程度上看，報刊雜誌的面貌則是文壇風雲變幻的晴雨表。要考察近兩年來文學的現狀，不妨由此入手，讓我們先看看幾家刊物的變化。

A、《文學評論》（雙月刊）。這份頗具權威性的理論刊物，在一九八九年第四期之前，曾闢有「行進中的反思」、「五四新文化運動七十年」和「中國當代文學四十年」三個專欄，發表了不少有關論題的長文。可是，到了當年的第五期，其中「五四新文化運動七十年」的欄目就已消失，而在「中國當代文學四十年」的專欄裡，刊登出的一篇文章則是批評自己刊物第四期上的《歷史無可迴避》。到第六期，方知主編易人，而且三個專欄從此消失，代之出現的則是「檢查整頓《文學評論》筆談」的一組文章。迄今為止，這份刊物每期都刊有批判文章，且多為長篇大論的。

B、《上海文論》（雙月刊）。這份刊物曾因在一九八八年夏季開闢「重寫文學史」的專欄，引起文學界的注目與爭議。直到一九八九年的第六期，這個專欄才告結束，為此在這期還出了「專輯」，用這個欄目的主持人話說：「關於『重寫文學史』專欄辦到今年年底的專輯收盤，這個想法是去年夏天專欄開辦時就定下來的，現在就是最後一次了。」此話是否屬實，抑或是掩飾某種難言的苦衷，這就不得而知了。自一九九〇年始，這份刊物已刊登批判文章，但凡屬對「重寫文學史」持不同意見的文章，均列入「探索與爭鳴」的專欄。

C、《當代作家評論》（雙月刊）。這份刊物從一九八九年至今，僅於一九九〇年第二期上刊發了一篇題為「系統學習　把握體系（學習《鄧小平論文藝》）」的文章。儘管這份刊物於一九八八年的第三期與第五期上，曾將劉再復列為「評論小輯」，為此先後各發表一組文章，但這份刊物並未出現批判文章或類似的「檢查整頓」。這份刊物基本保持原有的欄目，只是對具體的作家和作品做了適當的調整。

D、《文藝爭鳴》（雙月刊）。這份刊物於一九八九年上半年之前，曾刊發過頗引起爭議的文章，直到一九九〇年，該刊才於第一期與第四、五期上發表了幾篇批判文章，並將其列入「爭鳴論壇」與「讀書與思考」的欄目，另於第三期刊了一組「紀念《鄧小平論文藝》」的文章，以及在第四期特設的「紀念《講話》發表四十八周年」上刊發一篇長文。

E、《讀書》（月刊）。這份刊物並非純文學理論或創作的刊物，有關文學研究方面的文章約占其三分之一的篇幅。自一九八九年至今，這份刊物面貌始終如一。

論與批評》（雙月刊）。這份刊物自創刊伊始，就針對理論界的諸種問題探討提出批評，其中以劉再復的「論文學主體性」為主要對象。自一九八九年以來，該刊每期均以刊發批判文章為主，所指的對象也已擴及其他文章及作者。與此相同的還有另一份創刊於一九九〇年一月的《中流》（月刊），所不同者，該刊物還發表作品、雜文、報告文學等。此外，還有《文藝報》（周報），自一九八九年下半年始，其理論版亦以刊載批判文章為主。

以上僅舉數家頗具代表性的文學報刊雜誌，從一個特定的角度，加以粗略的爬梳，由這些刊物自身的變化和相互之間變化的反差，即可窺探出理論研究之一斑。可是，這也僅僅是喧鬧的一面。除了上述的A與F類刊物外，餘下的B、C、D、E類刊物，猶如化妝舞會的參加者，精心設計的面具五顏六色，各顯春秋。倘若揭開其蒙面的道具，人們會發現其變化甚微。當然也有的是根本連面具都不屑於套上的。

換一個角度看——綜觀眾多刊物（除少數外），所刊發的文學理論方面的文章仍占有相當的比例。這些文章多涉及敘事學，文學和語言，文學創作理論，文學價值論以及文藝人類學，文藝心理學等諸多領域。此外，對西方當代文論的介紹與評述，僅限於零散片斷的女權主義文學批評，敘事學研究和後結構主義；曾一度頗為流行的西方馬克思主義和後現代主義則銷聲匿跡了。然則何以將其稱為無聲的沉寂，實因為他們不擁有自己的話語權。原因來自許多方面：其一，單一的喧鬧壟斷了話語權，居於理論研究結構的中心位置，將其餘的則排斥在外，令其處於邊緣地帶，而喧鬧遠遠壓過了那些遠弱的聲音。其二，這些文章分散於各個領域，同時又固守一方，各自為戰，相互之間無法形成重要的交流與溝通，這使其視野狹窄而無法綜合性地把握問題。其三，這些理論的探索大都是舊有的延續，即僅僅停留在運用新名詞、新理論來闡釋舊的觀點，也就是說，其營構的理論框架仍是遵循固有理論的現成模式，新名詞的更換和新理論的補充，都僅僅成為一種裝飾點綴，難以促使理論自身有新的拓展和根本的變化。其四，從事文學理論探索和研究，必然要揚棄傳統的或固有的理論，必然要論及具體的文學現象，還將涉及如何以史的眼光對理論自身的發展作出評估，以及對整體文化背景的考察。而這些卻似乎成了十分敏感的區域，基於可以理解的原因，他們都十分謹慎地作出某種理論選擇。

由此可見，透過報刊雜誌這晴雨表，既可看到文學理論研究的現狀，又可看到理論研究者理論選擇的策略。

・邊緣的話語

據一位從事書籍出版的朋友透露，眼下文學方面行情走俏的當數年青詩人汪國真和台灣詩人席慕蓉的詩集，以及錢鍾書先生的著作，包括其散文集、小說和學術論著，其銷售量遠遠超過報刊雜誌反覆宣傳和讚揚的報告文學《她的中國心》和《無極之地》。從某種意義上說，這兩篇報告文學都居於當今文學結構的中心位置，而汪國真、席慕蓉的詩和錢鍾書先生的著作則是處於這文學結構邊緣地帶的。僅以這兩種暢銷書而言，前者純屬中學生的普及讀物，後者則為艱深的大雅之作，何以這「下里巴人」和「陽春白雪」，都和者甚眾呢？要破解這道謎，還得就近兩年的當代文學批評和創作談起。

或許人們對當年「宏觀研究」的熱門話題仍記憶猶新。從具體個別的作家作品論起步，到一[illegible]性的文學「巡禮」，繼而擴展到對某一文學現象、某一作家羣體，某一風格流派的探討，再推延到「十年」、「十七年」和「四十年」，更有的還將現當代之間的屏障拆除，冠以「七十年」，乃至「二十世紀」加以總體把握。然而，到了一九八九年下半年，這類「宏觀研究」驟然消失了。餘下的只是具體作品和個別作家的評論，最多也只不過將幾位作家作品擱在一塊進行解剖分析。這種「微觀研究」並非早先提倡的「本文解讀」的氾濫；恰如一位批評家所言，許多作家和作品都尚未得到定評，而要串起這一系列的作家作品和文學現象，主線如何勾勒？這或許正是時下從事當代文學研究的最大困惑。「微觀研究」具有兩種傾向。

其一，較集中地就「新寫實小說」進行探討。「新寫實小說」源於大型文學刊物《鍾山》，這家刊物於一九八八年第三期開始開闢了一個專欄，稱為「新寫實小說大聯展」。迄今為止，約有數十名作家的作品在這專欄中發表。同時，這家刊物在「評論」一欄裡，不斷地刊發就「新寫實小說」進行探討的文學批評文章。此後，這種討論波及其他許多刊物。可以說自一九八九年下半年以來，「新寫實小說」的討論成為當代文學的「熱門話題」，儘管這場討論顯得十分雜亂（對此本文將在後面具體論及），然而，它絲毫沒有逾越「微觀研究」的疆界。

其二，地域色彩相當濃厚，多限於二、三流的作家和作品。這主要指「微觀研究」的對象往往是尚未被批評界所公認的作家和作品。以《文藝報》的「文學評論」版來看，幾乎每篇評論都涉及一個新作者或新作品，它們的出現有時甚至不為人所知，因而這類批評文學彷彿過眼煙雲，既無法令讀者產生深刻的印象，也無法為當今的文學創作提供可資借鑒的經驗，更無法在當代文學批評史上留下痕跡。各地方的文學刊物，則拘泥於本省作品的各種各樣討論會。僅以今年為例，黑龍江召開過韓乃寅的長篇小說《天荒》研討會，廣東省召開過廖華強的《泣歌伴我》討論會，還有蒙古族作家郭雪波的長篇小說《蛇》討論會，在此恕不一一例舉。且不說這些小說在國內沒有引起普遍的反響，就連許多專門從事當代文學的研究者，連書名都未聽見過，惶論批評和研究。

再就刊載這類「微觀研究」文章的刊物來看，《人民文學》自主編易人後，「評論」的欄目不復再現。《北京文學》步其後塵，唯在一九九一年第一期推出「評論」和「北京作家」專欄；「評論」欄裡曾發表兩篇文章，而緊接的第二期，卻只剩下「北京作家」，「評論」專欄似乎又隱而不見了。還可看到，就有關「新寫實小說」的討論，除了《讀書》上曾刊載具體的作家作品論，以及《文學評論》一九九一年第三期的「『新寫實』小說座談輯錄」，北京的其餘幾家文學刊物均對此緘默不語。饒有趣味的，倒是這類「微觀研究」的文章在各地的刊物仍為常見。且不說那些以刊載當代文學研究為主的理論刊物，就是各地以發表文學作品為主的文學月刊，其評論的欄目至今依然完好地保留著。

顯而易見，無論是「微觀研究」文章的本身，還是這類文章所登載的刊物，都表明當代文學的批評和研究在極力迴避敏感的中心區域，而活躍在邊緣地帶。當然，這只是出於論述的方便，實際上，這裡是在兩種完全不同的層面上，使用「中心」和「邊緣」這兩詞的，前者指當代文學的結構，後者則屬地域觀念的劃分。

從表層看，近兩年的當代文學創作遠比批評研究來得活躍和熱鬧。作品總體的數量和質量都超於批評之上。可是，從深層看，二者則有共同之處，即文學創作跟批評一樣，仍處於尷尬的境地，有著難言的苦衷。

以「新寫實小說」為例。在號稱「新寫實小說」這面大旗下，滙集了眾多的作家。這些作家各各相異，正如人們無法給予「新寫實小說」哪怕是最寬泛的定義一樣，事實上，這些作家只是受刊物特闢的「大聯展」的誘惑，而相繼登上這藝術舞台的。在此，僅拈出其部分作家作品來分析，以圖管窺近兩年的文學創作。

刻意在敘述方式上嘗試大膽試驗和變革的，有莫言、余華、蘇童、格非等。這些作家極為注重「感覺」的表達。在他們的作品中，外在的現實是人所無法把握和探知的，除了「我」的各種感官體驗外，餘下的都是模糊難辨而又無法說話的。敘述者的目光總是嚴格地限制在某一特定的人物身上，大量鋪陳的「感覺世界」，將理性徹底摒除在外，由此營構出詭譎的氛圍。在這裡，莫名的恐懼和宿命的預感相伴而行，清晰而又朦朧的感覺同對事實的茫然無知糾纏在一起。作為小說建構的最基本層面——故事，往往極為簡單，它不再是支撐情節的主幹，僅僅成了敘述技巧的隨意附著物。如果說，在傳統的現實主義小說中，情節是構成小說整體結構的主要板塊；那麼，故事則是將這各大板塊膠合在一起的粘合劑。然而，在這些小說裡，隨著故事和情節的淡化，情節的板塊反倒被肆意擴大的縫隙所吞沒。從某種意義上說，這類小說是對傳統現實主義的顛覆。與其稱其為「新寫實主義」，不如稱其為「反現實主義」。

這種擴大縫隙和渲染邊緣的技巧，周梅森、葉兆言等作家同樣擁有。只是他們注目之處，並非敘述技巧與傳統的小說，而是歷史。無疑，這類作家都是說故事的好手，而且深諳情節的編排，懸念的製造，人物的刻劃等等。表面看，他們似乎未能掙脫現實主義的窠臼，而事實上，則是與現實主義背道而馳的。因為從現實主義理論出發，歷史是一種真實的存在，是可以為人們所認識和反映的，也是不容置疑的。有人認為，這些小說只是利用現有歷史的疏漏，作某種補遺鈎沉。其實不然。它所展示的歷史則是完全不同的一個「文本」，是以小說的方式道出，所謂「歷史」，並非真實意義上的歷史，只是對事件的敘述，作為一種「話語的歷史」存在著，而真正的歷史已被遮蔽得模糊不清。因此，這些小說總是極力撬開和擴大這「話語的歷史」的縫隙，希求顯露出真正的歷史。

被歸入「新寫實小說」作家名單的，還有劉恒、劉震雲、池莉、方方等。不少人指出，他們是以「情感的零度」來進行寫作的，或是要「還原生活本相」，提供一個現實生活的「純態事實」；或是寫「生存」，非寫「存在」，等等。誠然如此，還應看到現實主義的創作原則在這類小說中幾乎無立錐之地。人物，並非經過抽繹的典型；環境，似乎放置在任何一處都行；無數生活的細節，未加任何裁剪地一股腦兒堆砌在一塊；這是一種過程的記錄，而不是情節的安排。總之，雖名為「寫實」，然而這「寫」，和所寫的「實」，都將現實主義消解了。

在現實主義仍被尊奉在文學結構的中心位置，現實主義的話語自然是作為一種主體的有聲的存在。不然看到，上述幾類作品必然被壓抑，被排斥到文學結構的邊緣，其話語只能變成一種「他者」的無聲的存在。

無獨有偶，上述幾類作品和當代文章研究的文學頗為相似，發表它們的刊物同樣處於地域中心之外。雖然，這些作家中不少是曾借助於北京的文學刊物才嶄露頭角，並躋身於知名作家的行列，但近兩年來，他們的作品則像候鳥一樣，往南遷徙，《鍾山》、《收獲》、《上海文學》等刊物成了它們的棲身之地。

苛刻地說，上述幾類作品都具有一個共同的特徵，即迴避的藝術。外在的現實難以把握，當人們處於無奈的困惑之中，只相信感覺，認定感覺才是真實的存在，這確實給人帶來一種心靈的慰藉和依托。可是，這並不等於可以閉目不視外在現實的存在，甚至否定它的存在。過份頂禮膜拜於「感覺」這尊神像，實即一種迴避的藝術。同樣，寫「生存」，在哲學意義上，絲毫不遜於寫「存在」，甚至可以說直探人的本體深處。可是，生存其本身就是一種存在，割裂存在與生存之間的關係，勢必難以窺探出生存的真正價值與意義。這種迴避的藝術還表現在要為歷史提供另一個「文本」的小說中。要探知真正的歷史，不僅要擴大話語的歷史的縫隙，而且應消解其話語所占據的結構中心，否則就永遠只能窺探到真正歷史的斷片，而無緣跟整體的真正歷史相遇。總之，迴避是一種選擇的策略，迴避的藝術則是邊緣話語的顯著特徵之一。

綜合以上三位大陸學者的看法，近兩年大陸文壇所展示的疲軟和沉寂並不一定是消極、「滑坡」的表現，而可能是文學內部調整和外部適應的對策。這期間在上海《文匯報・擴大版》(包括試刊的四期)的〈隨筆〉版讀到一些熟悉的小說家如張承志、張辛欣、蔣子龍等的文章，在《收獲》也讀到另一些熟悉的小說家如王安憶、阿城、王蒙、蘇童、格非、李曉、葉兆言，遲子建、馮驥才、李慶西等的作品，心裡還是覺得比較踏實；最近跐到的一位小說家說剛完成了他的第一部長篇，題爲《在細雨中吶喊》，也許這也是近兩年大陸文學變貌的一個寫照。

(一九九一、六、十一初稿)

附註：

本文主要參考的文學報刊和雜誌（一九八九年一月—一九九一年三月）《文藝報》《中國文化報》《文學報》《文學評論》《中流》《文藝理論與批評》《文藝研究》《文學自由談》《文藝爭鳴》《上海文論》《文藝理論研究》《小說評論》《當代作家評論》《文藝批評家》《當代文壇》《收獲》《鍾山》《小說家》《花城》《當代》《十月》《昆侖》《長城》《中國作家》《人民文學》《北京文學》《上海文學》《解放軍文藝》《作家》《鴨綠江》《北方文學》《天津文學》《小說月報》《小說選刊》（僅一九八九年，此刊已於一九九〇年停刊）《讀書》《人物》《隨筆》

特約討論

文藝政策緊縮，作家反應如何

◉李瑞騰 中央大學中文系副教授

站在評論者的立場來看這篇論文，我充滿了困惑，下面我就想談一談這些困惑。

首先，我想談這篇文章的形式。黃教授把許多眞實的材料、意見來源隱掉，這對論文本身，其實是一大傷害，令人無法掌握到底那些是他個人、或是別人的意見。我很了解，長久以來，他在香港對大陸學界、文藝界朋友所付出的心力與貢獻，今天他以香港學者身分，面對當前大陸一個敏感的文學問題時，有其不得不然的苦衷，因此他採取這種寫法。但是在閱讀者的立場上，我們又不得不希望他把眞實的材料告訴我們。到底文中的甲、乙、丙學者，是眞有其人，還是一大羣人的集合？依我所見，應是一大羣人。

其次，當我們在面對這一議題時，事實上我們希望能讀到下列幾點意見：第一，在整個大陸文壇權力結構改組的過程中，到底基於何種考慮？呈現出何種狀況？黃文中稍有提到，如賀敬之取代王蒙「文化部長」一事，這對大陸文壇其實有很大影響，但這一部分處理得較有限。

第二、文壇權力結構改組的過程中，最明顯的表現是媒體編輯的替換；這一部分處理得較具體、實際而精彩。

第三、改組過程中，無可避免地也會涉及文藝社團重組的問題，但黃教授處理得不多。以上三項是有關權力結構改組的。

接下來，在中共文藝政策緊縮的狀況下，究竟對實際文藝現象有什麼具體作爲？尤其是對於參與民運作家的批判，如劉賓雁、劉再復、蘇曉康等，展開猛烈抨擊的情形，這一部分處理得很精彩，其實這也是此文的重點之一。

另外，在這樣文藝政策的改變下，到底文學作家與作品有何具體反應？黃教授很具體而準確地抓住了這一問題。在作家反應方面，我們看到一大批人在表態，帶有政治目的，有些則沉潛下來，而且中共不斷放出消息說，某作家現在做些什麼、寫些什麼，不知是眞是假，黃教授透過實際接觸，不知是否可解答我們的這些疑惑？如冰心、王蒙等人爲資產階級自由化提出辯解的反彈情形是否很多？請黃教授是否能再稍加說明。

〈綜合討論〉

該不該說清楚，值不值得研究

黃德偉：

感謝李瑞騰先生的許多意見。首先，在論文的形式方面，當初匆忙寫作此稿時，除了將一些零碎的感覺、觀察組織起來外，最頭痛的問題便是如何實踐廻避的藝術。因爲我覺得，一個在外自由的學者，要捲入一個壓力龐大的社會中，有許多事情不得不委屈一些。因此，許多眞實的材料我不能發表出來。

甲、乙、丙三學者，是許多年輕作家、學者、幕後編輯的綜合體，但主要架構來自其中幾位，在適當時候，我願意將他們的名字公佈，但不是現在。由於稿子匆忙寄出，我也發現許多問題還可以再探討，因此，李教授的建議我會參考。

呂正惠：

謝謝馬森教授中肯而精闢的批評。基本上，我這篇論文是比較傳統式的閱讀，透過小說對「女性主義」做理論性的分析；事實上，我對「女性主義」並不很熟悉，而且王安憶的小說也未强烈到「女性主義」的程度，我只是以一個讀者的立場，發現她的小說有介乎有意識與無意識之間的女性意識的强調，覺得有趣，故做了這樣的研究。

馬森教授的話很有道理，如果我能找到王安憶比較明白陳述的散文，加上小說，綜合起來與西方女性主義的作品對比，這篇文章的理論性會更强。

趙淑敏（東吳大學經濟系教授）：

我想根據我的觀察來就教於黃教授。「六四」之後至今，我到過大陸三次，和他們的作家、文學團體也有接觸，發覺近兩年來大陸文壇低迷的情況，有幾項原因，其中之一是缺乏創作動力，這涉及到說眞話與不說眞話的問題，很多人內心都在掙扎，因此能不寫就不寫。另外，是市場體制的改變，印書必須包銷，這很困難，而且市場上的讀者也減少。當然，也有許多人沉潛在自己的思考之中。更現實的問題是發表園地日益狹窄，大陸上嚴重到幾乎要用交換式來發表，因此紛紛以海外、台灣爲新的投稿管道。

劉勝驥（政大國關中心研究員）：

我覺得探討大陸文學，大家較少用馬列主義的背景來看大陸文壇，事實上，對大陸與文學這兩者都應該有相當的了解，才不會提出不是問題的問題，或不必提出的論文。例如中共根本不會讓文學來影響政治，這就是不是問題的問題；而如果對大陸稍有了解，就知道「女性意識」是在自由地區、男尊女卑的情況下才會產生，所以這實在不是值得研究的題目。

呂正惠：

我所閱讀過的大陸作家對女性地位討論的作品不少，除王安憶外，張潔更具鮮明的女性意識，建議劉先生讀讀她的「方舟」即可明瞭。大陸上女性地位比男性高是不爭的事實，但這不代表與男性之間就沒有問題。你的論斷或許快了一點。

馬森：

馬克思社會將「女性主義」視爲階級的一部分，認爲只要階級問題解決，兩性的問題即可解決。但西方的「女性主義」顯然較複雜，不認爲是階級問題，而是父權制度。事實上，從他們的文學作品、電影中不難看出，大陸的女性還是受壓迫的，而且程度更惡劣，故我贊同呂教授之言，大陸還是可以研究「女性意識」的。

（張堂錡記錄整理）

「我的大陸文學經驗」座談會

隨著政治、社會的巨變，
大陸的作家、作品
已經不那麼恐怖、危險……
六四以後，
作家們如驚弓之鳥。
有的作家雖然高興接見來自海峽彼岸的訪客，
見面時，又略顯掩不住的
猶豫和猜疑……

座談會主席致詞

◉**瘂弦** 聯合報副總編輯、副刊組主任

作家關切對岸，資料體驗結合

這段時間是交給尼洛、秦賢次、焦桐、洛夫、黃文雷五位先生，他們先引言，大家再討論。

尼洛先生研究大陸文學近三十年，在兩岸尚未開放以前，即曾以間接的經驗寫作以中國大陸爲背景的小說，而受到文壇的注意。秦賢次先生是文學史料專家，在兩岸文壇有「資料大王」之稱，他所作的書目、傳記，完整而可信，亦爲大家所公認。詩人焦桐近年來與楊澤先生主編中國時報人間副刊，在大陸文學的介紹方面一直保持高度的敏銳和興趣，他曾數次赴大陸約稿、訪友，有親身的體驗和第一手的資料。

洛夫先生今天身體欠佳，故其引言由李瑞騰先生代爲宣讀。洛夫近年來佳作連連，我戲稱他是「高齡產婦」，除創作外，他也默默在研究大陸的第三代詩人。由於大陸年輕一輩的詩人，多半是反政治教條的，故對洛夫先生鼓勵這一批人一直保持高度的戒心，以致使他在大陸旅行時受到監視

與干擾，今天他沒來，頗爲遺憾。黃文雷先生是政戰學校政研所的研究生，介紹中共「中國作家協會」的體制，令人感到興趣。

座談引言①

兩年來大陸文藝環境景象

●尼洛　中央廣播電台副主任

一、

去年十二月，北平舉辦「紀念徽班進京二百週年振興京劇觀摩大會」，包括觀摩演出、學術研討、藝術展覽等項，形成罕見的熱鬧。在演出的節目當中，包括了江青當年所參與創作的樣板戲「紅燈記」與「沙家濱」。江青仍被關在牢裡，樣板戲被禁演了十四年，這兩個舞台劇在北平演出，既沒有引起震驚，也沒有引起議論，從這種情況的出現，就可以約略的摸出大陸上的文藝風向，也可以臆測出大陸文藝工作者有關的文藝情懷。

二、

前年「六四」，與大陸文藝界的牽連不多，除了少數幾位屬個人參與以外，在文藝創作上幾乎全未涉及，但是，在「六四」以後，由於中共在組織範疇、以及思想範疇中的整頓，亦如天安門廣場輾在學生身上的坦克，輾在大陸文藝工作者的心上，而形成大陸上這兩年的文藝環境景象。

中共在這一方面的工作，做得極爲細膩、確實，頗如大陸文藝新主管賀敬之所說：「文藝戰線的整頓將從政治上、組織上、轉到思想領域，而思想建設將是更深入、細緻、長期的工作」。這個工作，應該是胡喬木、鄧力羣指示的，王忍之、賀敬之、徐惟誠經營的一九八七年「涿州會議」的體現。賀敬之將它說成是「文藝戰線的整頓」，我們也就從其「整頓」探索，並以組織整頓與思想整頓來看其梗概：

三、

在組織整頓方面，屬於機關、團體的：中共中央宣傳部，除部長王忍之以外，升任徐惟誠爲常務副部長，另調賀敬之、劉忠信、聶大江爲新任副部長，調李准爲該部文藝局副局長，以作爲局長梁光弟的有力助手。中共國務院文化部部長王蒙撤職，由宣傳部副部長兼文化部黨組書記賀敬之代理，原副部長英若誠、王濟夫免職，新任命的副部長是徐文伯、陳昌本。原「文聯」副主席吳祖强被逐，由林默涵取代，並兼任「文聯」黨組書記，另調孟偉哉爲黨組副書記。在「作協」中，將馬烽增補爲副主席、並兼黨組書記，「作協」黨組全面改組，調整以後的人員是馬烽、瑪拉沁夫、鄭伯農、叢維熙、束德沛。

屬於文藝報刊的：「文藝報」改組，由陳涌、鄭伯農負責。「人民文學」改組，由劉白羽、程檮椿、取代劉心武。「詩刊」主編劉湛秋在「自我檢查」之中，其他如「中國音樂報」、「中國美術報」、「小說選刊」等勒令停刊。「文學評論」主編劉再復流亡海外，接替他的是侯敏澤。「人民日報」文藝部主任換了丁振海，另增加了兩個副主任石英、李德潤。中共將創作園地減少，卻另將批判陣地增多，新創刊的計有：林默涵、魏巍主辦的「中流」，段若非主辦的「當代思潮」，許立羣主辦、以梅行、陳涌、李侃、蘇沛主編的「眞理的追求」。

四、

在思想整頓方面，王忍之等人，於組織整頓以後，第一件事情，是爲一九八七年春天在涿州召開的「涿州會議」平反，搞掉當時趙紫陽所稱「黑會」的帽子。那次會議是以組織反文學領域中「資產階級自由化」的會議，因此，中共近兩年來對文藝領域中有關思想方面的整頓，就可以說是「涿州會議」在指導上的體現和執行：

㈠批判金觀濤及其「超穩定結構」。去年年初，「光明日報」連續發表長文，批判金觀濤的「興盛與危機」、「在歷史的表像後面」、「西方社會結構的演變」、「人的哲學」等四本著作，並特別批判金觀濤藉「河殤」所發表的「超穩定結構」的觀點，認爲金觀濤所稱中國歷史社會中存在的「超穩定結構」，是從懷疑、扭曲馬克斯主義的唯物史觀，走入唯心主義的泥沼。

㈡批判劉再復及其「論文學的主體性」。去年十一月，中共「社會科學發展研究中心」，聯合十一個單位，於山東濟南召開一次爲期四天的「文學主體性討論會」，抨擊劉再復的文學主體理論，是助長「資產階級自由化」思想在文藝界泛濫的源頭，釀成文藝創作的「大滑坡、大倒退」景況，作爲對去年八月中共意識形態領域中權威邢賁思於中共「人民日報」對劉再復點名批判的延伸，亦將劉再復的「論文學的主體性」，打入「宣揚唯心主義的文學觀」範疇。

㈢批判「新啓蒙論叢」。「新啓蒙論叢」原爲王若水、王元代等人所發起，爲一不定期刊物，因爲在撰稿人中包括阮銘、劉曉波、金觀濤、包遵信、于浩成、李洪林、童大林等人，而極被注意。去年，程代熙（弋人）於「文藝理論與批評」第六期中，以專文「『新啓蒙』評述」予以批判，並附「關於『新啓蒙』的言論摘編」以求批透批深，揭斥「『新啓蒙』是近幾年最具欺騙性、同時也是最具煽動性和蠱惑性的熱門話題和口號。與四項基本原則尖銳對立的資產階級自由化思潮，之所以越演越烈，一個相當重要的原因，就是『新啓蒙』構成了它的核心內容」。

五、

除了上述的整頓以外，中共這兩年加之於文藝領域的作法，值得一提的，一種是「禁」，另一種是「掃」。

在「禁」這一方面，一本書是「雪白血紅」，是作者張正隆以林彪部隊在東北與國軍作戰爲經的報告文學作品。另一本書是「湘江之戰」，是作者黎汝清根據湘江戰役經過的報告文學作品，兩人均稱：「根據歷史眞實，秉筆直書」，可能中共不願意因批判而使影響擴大，所以用一紙禁令、處理了事。

在「掃」這一方面是「掃黃」，中共將「掃黃」說成是思想文化領域裡的鬥爭，與「資產階級自由化」、「和平演變」陰謀密切相關。事實上它是中共「開放」以後使一些次文化有了發展空間的自然現象，正如李瑞環在去年十月「全國掃黃工作會議」中所說：「如果不用健康豐富的文化產品佔領文化市場，那些精神垃圾就很難清除，即使一時清除了，仍有可能乘虛而入、捲土重來」。

六

在賀敬之「一手抓整頓、一手抓繁榮」之下，大陸文藝領域近兩年來的情況究屬如何呢？賀敬之在一九九〇年元月「全國文化藝術工作情況交流座談會」上說：「總的形勢是好的」。於是，中共媒體也就順著賀敬之的口吻，宣稱「整頓見成效，繁榮勢頭好」。並且說：湧現出一批「表現新時代，反映歷史前進潮流、社會主義精神」的「主旋律」文藝創作。

在現實之中，中共提不出來那一本書是屬於為讀者接受的「主旋律」的文藝創作，相反的，只見到康凱在一九九〇年中共「求是」雜誌十三期上發表的「說『稿荒』」。康凱坦述：「稿子難約了，稿源少了，刊物難辦了」。

另外李瑞環的說法，也可能是相當中肯的，他在與賀敬之同一個「座談會」上指出：「檢驗文藝領導工作是否有成績以及成績大小，根本標準是看健康的社會主義的文藝是否繁榮？如果長期出不了優秀作品，出不了傑出人才，乃至羣衆沒書看，沒戲看，領導就是不稱職的」。

七

以「徽班進京」在熱鬧中演出「紅燈記」、「沙家濱」，與中共在文藝領域中的整頓，結合起來看大陸文藝界的對待態度，可以肯定的說，中共媒體所標榜的「整頓見成效」，應該是成立的。但是，如果以康凱的埋怨、李瑞環的指責，與中共無法突出那一本是有代表性的「主旋律」文藝創作，看「繁榮勢頭好」這一句話，就恐怕是個「大話、假話、空話。」

客觀看來，自「六四」以後這兩年當中，大陸文藝界可以說是萬馬齊闇的一段時間，有些類似「文革」時期的景況。但是，「文革」時期，由於江青本人的投入，仍有樣板戲的「繁榮」，今天，中共已很少有人對「主旋律」投入了，就只能是康凱的埋怨與李瑞環的指責而已。這客觀情況，或許可以給予我們一些啓示，如果僅就文藝本身的繁榮著眼，我們何妨在一定的範疇之內，給大陸文藝界提供園地與鼓勵，使其越海而來、開花結實，就很值得探討與研究。

座談引言②

◉秦賢次 文學史料專家

大陸訪書之行

一九八八年十月，在政府還未正式開放兩岸文化交流政策時，「當代文學史料研究社」的幾位同仁，包括筆者、吳興文、邱各容、應鳳凰等四人，透過香港盧瑋鑾小姐（筆名小思）的穿針引線，就先偷跑到上海參加為期四天的「中華文學史料學首屆研討會」。

事實上，參加開會並非我們的唯一目的，觀光、買書、參觀圖書館及拜訪一些心儀已久的名作家，似乎更吸引我們前往大陸。

行前，除了猛翻大陸旅遊指南或手册一類的書外，更準備了一大堆待購書目及待訪作家名單。現從我的小記事本上抄錄些當時想訪問的人有王世穎、辛迪、卞之琳、巴金、艾青、沈松泉、孫大雨、施蟄存、吳祖光、黃源、常任俠、韓侍桁、許傑、柯靈、濮舜卿、蹇先艾……。訪談的目的，主要想瞭解二、三十年代文壇實況及他們所參加過的文學社團沿革等。抵達大陸的當晚，方知有的作家早已故去，如王世穎、韓侍桁等；有的在北京，如卞之琳、艾青、吳祖光等；有的在南京如常任俠……。而且，有些作家如在上海的巴金，還得透過作協等單位的正式安排，才准許訪問。我們此次行程，不敢貪多，僅限於上海，經過初識文友的安排下，曾訪問到施蟄存、柯靈、孫大雨等三位作家；曾參觀復旦及華東師大兩大學圖書館；也到胡從經、陳子善兩位著名藏書家府上吃晚飯並品閱其珍本書。

買書亦是我們此行主要節目之一。抵達上海的第二天，我們幾乎花了整天的時間在買書。在新華書店時，買的是新書，主要是補購近年出版而在香港已買不到的文學書及工具書。大陸所出版的工具書可說是琳琅滿目、洋洋大觀。在這方面，台灣出版界實在無法與其比擬。對從事文學史料工作者而言，工具書有時遠比文學作品來得重要，因此我們買的也特別多。

在上海書店期刊部時，對我來講更有如入寶山的感覺，非常興奮。該店除了影印部份三十年代著名期刊重新發行外，半個店面排滿了原版的舊期刊，各門各類均有。有些期刊，在台灣舊書攤十年都難碰上一本，在這裡多的是成套（有時會缺幾本）出售，你說過不過癮。這時，我們已把這些新舊書刊寄回或帶回台灣時，在郵局或海關是否會遭到麻煩之憂慮全部拋到九霄雲外去了。

上海書店影印的成套期刊，我已購至的有《文學週報》（精裝七冊）、《現代》月刊（精裝八冊）、《創造季刊》（精裝二冊）、《創造週報》（精裝二冊）、《莽原》（精裝三冊）、《太白》（精裝二冊）、《中流》（精裝二冊）、《淺草》（精裝一冊）、《新語林》（精裝一冊）、《水星》（精裝一冊）、《夜鶯》（精裝一冊）、《魯迅風》（精裝一冊）、《奔流文藝叢刊・奔流新集》（精裝一冊）、《駱駝草》（平裝一冊）、《海燕》（平裝一冊）、《烽火》（平裝一冊）、《筆談》（平裝一冊）、《工作與學習叢刊》（平裝一冊）等。

之後，我又從其他書店購得《晨報副鐫》（精裝十五冊）、《北京大學日刊》（精裝十六冊）、《少年中國》（精裝四冊）等。

此外，上海書店也影印有珍貴的絕版書十輯，計一百種，取名《中國現代文學史參考資料》，其中包括有新文學第一本個人詩集《嘗試集》（一九二〇年三月初版，胡適著）、第一本長篇小說《沖積期化石》（一九二二年二月初版，張資平著）、第一本書信集《三葉集》（一九二〇年五月初版，田漢、宗白華、郭沫若合著）、李金髮的第一本詩集《微雨》（一九二五年十一月初版）、聞一多的第一本詩集《紅燭》（一九二三年九月初版）、汪靜之的第一本詩集《蕙的風》（一九二二年八月初版）等等。這套書經過三年來的陸續添購，目前已蒐羅將近有八成之多了。

第一次的大陸之行，收穫最大的，莫如在四天的「中華文學史料研討會」上先後認識的大陸文學史料精英如馬良春、徐乃翔、張大明、姜德明、林非、孫玉石、朱金順、陳漱渝、劉福春、胡從經、陳夢熊、陳子善、陳福康、陳青生、孫繼林、應國靖、葉子銘等先生。

第一次大陸之行回來不久，我就計劃以後每年到大陸一次，觀光、購書、訪問三者一齊來。

第二次大陸之行是一九八九年的八月，僅只到上海與北京兩地。同行的另有志文出版社負責人張清吉，以及好友吳興文、莫渝、王國良等。上海因爲去年已來過，因此此行重點放在北京。北京實在幅員太廣，祇能採取重點觀光，曾經去過的也僅有八達嶺長城、明十三陵、紫禁城故宮等名勝地區，以及魯迅博物館與現代文學館兩學術重鎭。

此行不巧是在六四之後二個多月，大多數人在公共場所都避開不談政治問題，如與去年的興高采烈高談闊論相比，簡直像天淵之別。本來想去參觀姜德明與唐弢兩位先生的豐富藏書，後來終於知難而退，僅能在宴席上暢談而已，這叫做畫梅止渴。爲了替此間《文訊》月刊的〈文學家現身〉專欄組稿，我利用此行在上海與陳子善重訪施蟄存、柯靈、孫大雨等三位三十年代名作家；在北京與陳子善、吳興文新訪新月詩人陳夢家遺孀趙蘿蕤女士。趙女士快人快語，以爲我是跟子善兄前來採訪的大陸新聞記者，劈頭第一句話就叫我先表明對六四運動的態度，否則免談，弄得我滿頭霧水，當場愣住。

對我來講，第二次大陸之行的最大收穫是發現琉璃廠的海王邨古舊書店。我們由上海搭飛機到北京時已近中午，由漱渝兄自機場接往琉璃廠的孔膳仿用餐後，整個下午幾乎都待在海王邨了。書店的經理盧潔小姐很懂得做生意，態度又親切，在知道我們來自台灣，個個又是嗜書如癖，趕緊問明買書的內容範圍，並不斷從裡面搬出一捆一捆我們可能會要的書。以後，我們幾乎每天都去一趟海王邨，並請她從中國書店大舊書庫替我們調更多的好書來。幾天下來購買的書，比我在台北光華商場十年辛苦覓得的舊書還要多上幾倍。如以質來講，則更好得太多。

以後，我更建議海王邨直接抄寄書訊給我，我再請北京友人代購代寄。我把家裡的書房變成書庫都還不夠放置這些新買的書。因此祇得一批又一批地把以前買的一些書籍贈送給中研院的中國文哲研究所籌備處。

第三次大陸之行是去年的八月，同行的有王國良兄及志文出版社的張淸吉與曹永洋兩位先生。這次到過的地方較多，有北京、天津、上海、杭州等。曾在北京拜訪冰心女士、蕭乾夫婦，也新識魯迅專家林辰先生。在天津則事先約好拜訪台靜農先生同鄉同學好友，前台大文學院教授李霽野先生，並送去台老託帶給他的一些舊書及舊照片。霽野先生也託我帶回他在四十年前向台大文學院圖書館借閱，後因匆匆逃離台灣而來不及歸還的兩本日本版英文書。這兩本書，後來我也託吳宏一兄親自送還台大，並將收據寄給霽野先生，以了卻他長達四十年的心願。

此行，因時間不夠，我們事前即計劃將北京、上海兩地想要會面的好朋友分別約在一起聚餐，以便開懷暢談，結果發現效果良好，有些多年不見的好友，更可藉這個機會相聚。因此，我們邀請的人，沒有一個不到的。

至於買書，我們不但是樂此不疲，而且門路也越來越精。就新書來講，我們發現大陸出版界近年來在走向營利制度後，好書似乎是越來越少了。就舊書來講，則後市看好，似乎有一片美麗的天空。

一九九一年五月二十六日脫稿

座談引言③

我所接觸的大陸作家

◉焦桐
中國時報人間副刊副主任

1

我和中國大陸的作家「接觸」，是在廁所開始的。

那是充滿禁忌、危疑的年代，沒有人膽敢在坊間公然販售海峽彼岸作家的作品，即使是三〇年代就已出版的著作或翻譯，也被視爲危險的違禁品，閱讀這類禁書，極可能招致禍害。但禁書之所以迷人，就在閱讀它並擁有它所帶來的冒險和刺激，禁得愈嚴厲，愈强化試圖去了解的好奇，和閱讀的衝動，愈驅使讀書人四處蒐尋，互相交換。我「接觸」沈從文、魯迅、老舍、孫毓棠等等大陸作家，就是神秘兮兮地，偷偷躲在廁所裡閱讀他們的作品開始的。當時我偷讀《邊城》、《阿Q正傳》、《駱駝祥子》、《寶馬》的緊張心情，絕對不比現在某些吸食安非他命的學生有安全感。

隨著政治、社會的巨變，大陸的作家、作品已經不那麼恐怖、危險，我工作的副刊，刋登大陸作家作品的密度也逐漸升高。因爲工作關係，我和中國大陸的作家逐漸有了電話或書信的往來，這些作家有的曾見過一次面，有的素昧平生，有的則是我素所敬仰的前輩。

一九八九年九月，第十二屆時報文學獎剛評審結束，推荐獎、短篇小說、新詩等獎項被大陸作家獲得，包括太原的李銳、宣州的楚狂人、合肥的羅巴。幾天之後，我就銜命赴大陸訪問得獎者。

任教於上海華東師範的作家陳子善陪我逛街買書時，一邊介紹上海的藝文掌故，說我住的華僑飯店「解放前」是華安大廈，是相當出名的藝文聚會、交際場所，胡適、林語堂等人經常出入，說不定我住的房間，就是他們曾經開過會的地方……又指著某一棟公寓的某一扇窗是張愛玲姑媽的家，某一棟半世紀前的舊建築是白先勇筆下的百樂門舞廳……我覺得好像突然掉進一個充滿典故的社會，覺得大陸作家生活的社會充滿了歷史意識，而這種歷史意識，恰好又是台灣文藝青年所欠缺的斷層。

2

新詩獎得主羅巴，本名陳壽星，一九六四年生，安徽懷寧人，安徽師範大學中文系畢業，目前是中國作家協會安徽分會會員，作品曾獲「江南魂詩會」創作一等獎（一九八五）、《廣西文學》大學生文學創作評比散文獎（一九八六）、《詩歌報》首屆探索詩大獎賽三等獎及愛情詩大獎賽好作品獎（一九八八）、《安慶日報》現代詩大賽特等獎（一九八八）等。羅巴寫詩、小說、散文，也搞評論，這個台灣讀者完全陌生的名字，基本上應該算是大陸的第三代詩人。大陸詩歌界一般把一九四九年以後的詩發展分爲三代，第一代活躍於一九四九—一九六六文革開始，代表詩人如艾青、何其芳、公劉、邵燕祥等等；第二代從文革結束的一九七六—一九八五，代表詩人如北島、顧城、江河、楊煉、舒婷等「朦朧詩派」；第三代則自一九八五至今，通常被稱爲「新生代詩人」，這一代詩人缺少代表人物的代表作品，卻頗富於探索精神。

羅巴是一個反省力極强的詩人，他的得獎作品〈物質的深度〉實際上是他的物質詩系列創作。在大陸詩壇，他是第一個系統地以物質爲素材，如漆、瓷、骨頭、斧、玻璃、岩石、布、鐵、鹽……挖掘出對世界的理解。他認爲這些物質必須不斷地被認知，下筆時必須控制情緒，避免讓情思完全裸露於字裡行間，避免直接的鋪陳，爲讀者多安排一些思索的空間；他認爲，這是詩的「斷層」，這種斷層對短詩非常重要，如果短詩缺乏留白和斷層，根本無法容納作者的思維，他喜歡詩裡有一些「神秘的東西」，不喜歡一目了然。

文革結束後，忽然很多人翻譯外國詩，羅巴大量閱讀後，驚覺中國的傳統詩對他造成沉重的負擔；而西方現代派的詩，簡直是打開一個新的詩歌世界，他自認從艾略特、惠特曼、聶魯達處汲取不少營養。

小說獎得主楚狂人更年輕，一九六七年出生，本名黃嵐。他的得獎作品〈語錄狂〉是一篇以文化大革命爲背景的短篇小說，寫的是當時變態的社會和扭曲了的人性，節奏流暢，誇張怪誕的布局正好表現出時代的荒謬，笑謔中卻令人心頭隱隱作痛。

楚狂人認爲自己不是「文藝圈」人，只是不可救藥地迷戀文學，已暗中寫了幾年。他的文學啓蒙可以追溯到十五歲那年，初中剛畢業，讀到魯迅選集，深深被魯迅的人格、文章所震撼，相信文學是值得作爲志業去戮力追求的。從高一開始，他就不曾好好上過課，那活蹦亂跳的年輕生命，愈來愈難以忍受現成的教育制度，常覺得在學校裡受到很多壓抑，他的叛逆性格和懷疑精神，使他在學校裡幾乎沒上過什麼課，後來又當了「拒絕聯考的小子」。

雖然放棄考大學，楚狂人卻耽於思考、讀書，宣州這小城的書極少，有一次，他爲了買一本李澤厚的思想史論，來回搭了兩天車，跑了好幾個縣城才買到。他最喜歡的作家是馬奎斯、卡爾維諾、昆德拉。

3

兩次赴大陸回到台北，都心神恍惚，好像是病著了，常常發呆，思維裡充塞了中國大陸的土地和人影。以前，我一直認爲，只要做好一個台灣人就夠了；現在卻不自覺地變得中國起來。我和我所結識的大陸青年作家，成長於相異的文化環境、生活方式和政治體制中，彼此帶著模糊的歷史意識和民族情感，如此這般地開始交往，小心翼翼地去了解對方。

我第二次去大陸是在「六・四」發生後不久，走在街上，隨處可見六・四的痕跡——牆上被黑漆抹去的標語、未洗乾淨的「反動」主張，重要路口紛紛布置起慶祝「十・一」的花壇，也站滿了荷槍實彈的解放軍和武警，到處是肅殺之氣。少數能逃的知識份子就逃，不能逃的就接受審查，政治學習正雷厲風行地展開，作家被集中起來「端正思想」；街上的宣傳車使用巨型喇叭對市民廣播各項建設成果，反覆播放政令宣傳和譴責「反革命暴行」的訓詞：如社會的安定與繁榮，不容許少數別有居心的份子破壞云云。

作家們如驚弓之鳥。

有好些作家雖然高興接見來自海峽彼岸的訪客，見面時又略顯掩不住的猶豫和猜疑。一位女作家送她的著作給我時，故意署上半年前的日期；一位驚魂甫定的老作家，只有在街上散步時才肯與我交談——小聲地交談，好像在自言自語——並囑我少開口，以免露出濃重的「台灣口音」。

4

我所接觸的青年作家好像都在拚命學外語，每個人心中都有一個願望——出國留學。許多老一輩的作家，胸中彷彿有一股壓抑不住的憤怒，一位三〇年代的名作家聽說我要去北京，責斥說：「別去了！現在北京已經沒有門了，全叫解放軍給佔領了。」我想起生命中第一個上海的清晨，走出投宿的華僑飯店，就是車水馬龍的南京西路，每一部汽車都不斷地鳴喇叭，在行人如潮的路上，那些不知暫停的喇叭聲，不安地，在人羣中行進。我感覺那是人世間最焦躁、最憂鬱的鳴聲。相對於持續不斷的喇叭，鼎沸的人聲並不算嘈雜，聽起來倒像是呻吟，一種因人太多而意見太少的呻吟聲。

不知爲什麼，面對大陸作家時，常感覺是面對一種龐大的壓力，這種壓力和站在上海南京路上的感覺相彷彿。

大陸地廣人多，年輕的文藝工作者要成名不像在台灣這麼容易。我常覺得他們在努力追求的過程，左衝右突，帶著一種苦悶的躁動，一種不確定感，一種老於世故的急切。我收過一些信，來自一些素未謀面的年輕人，可能因爲輾轉從朋友處得知我在媒體工作，就寫長信自荐作品發表；或希望代爲推荐到其它刊物發表；有的甚至寄來一疊厚厚的作品，要求設法推銷給出版社出書。而我所結識的老作家大多令人肅然起敬，他們多經歷「反黨反社會主義右派分子」，在他們還來不及清理和思索毛病出在那裡時，已經得到一份「軍事法庭判決書」，大半生的災難卻往往使他們愈挫愈勇，至今創作不輟。

地理的阻隔，加上四十幾年來，兩岸人民的政治觀念、生活方式和文化性格都有了根本的歧異，在彼此的互動、交通中，不免會有一些誤會吧。有一次，合肥的詩人公劉先生託我和旅居美國的大陸作家木令耆連絡，我還以爲他們很熟。通過電話不久，木令耆來了一篇稿和一封信，信上稱我爲焦「同」，稱公劉爲「公牛」。這種作家服務的項目現在逐漸增多，包括購買書籍、音樂帶、鐳射唱盤等全套音響設備、抽油煙機、冰箱……等等。

爲了多了解大陸文壇，除了定期購書，現在我訂閱了兩份文藝報紙——《文藝報》、《文學報》。報紙第一版總是濃厚而强烈的黨政軍色彩，和寫作路線的指導。我隨手翻報，就是這類的標題——「中央軍委主席江澤民簽發命令，授予部隊作家張鼎全『青藏高原模範幹部』稱號」、「堅持運用和發展毛澤東文藝思想」、「南京軍區積極抓創作人員思想建設」……每次看到這類標題，就覺得自己逐漸和過去的歷史意識訣別。

座談引言④

對大陸第三代詩人的觀察

◉洛夫 詩人

大陸新生代詩人之崛起，嬗遞，與演變，其快速頗爲驚人。自七〇年代中期到八〇年代初，「朦朧詩派」的風起雲湧到日漸沒落，只不過數年時間，近十年內繼之而起的又有所謂「先鋒詩」，「後新潮詩」，或「地下詩歌運動」，而領風騷的這羣更年輕的詩人則自稱爲「第三代」，意在有別於老輩如艾青、卞之琳，公劉，邵燕祥等的「第一代」，朦朧詩人如北島，舒婷，顧城，楊煉等的「第二代」。他們如蔓生的蓟草，獨立性很强，又如排空而來的巨浪，目無餘子，既不承認他們與第一代的血脈關係，甚至也否認第二代的詩美學和創作對他們有任何影響，打倒北島、舒婷之聲，一度甚囂塵上。他們自認爲最前衞，比朦朧詩人走得更快，更遠，更野，但在目前嚴峻的政治現實和保守心態的雙重壓制下，他們的步態也顯得更爲顚躓搖擺，倍感艱辛。至於他們的創作成就，和對今後大陸整個詩壇的影響，如要現在做出正確的評估，似還嫌早，有待詩評家與文學史家進一步的觀察。

大陸第三代詩人由於最年輕，掌握了「時間」的優勢，故顯得特別意氣風發，且處於一個多變的時代和日漸質變的社會中，他們的視野大爲開闊，「現代」意識甚爲强烈，對詩中哲學意蘊的探索，對語言，意象，和表現策略的革新，都表現得極爲狂熱和專注，其求新求變的急切心態，實不下於六〇年代初期的台灣現代詩人羣。他們與朦朧詩派和當權的官方詩壇都形成一種緊張的對峙態勢，但就大形勢而言，他們仍處於被孤立，被視爲異端的弱勢，如他們要像台灣現代詩一樣歷經百劫而終於匯成詩壇的主流，距離這一目標還遠得很。

大陸第一代的老輩詩人曾因朦朧詩人的背叛而嚴詞斥以「數典忘祖」，而朦朧詩人對於第三代詩人的公然叛逆，又將出之以何種態度？這點我們尚無資料可考，但可以斷言的是，朦朧詩人在精神上的啓發，政治禁忌的突破，以及詩藝本身的探索，對第三代詩人必然有著難以估計的影響。就大陸詩歌現代化的發展而言，朦朧詩實際上扮演的是啓蒙角色，正因爲如此，朦朧詩作爲一個詩派，縱或已告式微，但它的影響正方興未艾。自一九八五年北京大學未名湖出版社出版的「新詩潮詩集」以來，各種「朦朧詩選」，「朦朧詩精選」，「朦朧詩賞析」等相繼問世，其中由瀋陽春風出版社推出的「朦朧詩選」，甫經出版即銷售一空，先後印了十三萬五千餘册。至於北島、舒婷等的個人詩集，也是青年讀者爭相購閱的對象，並未因第三代詩人之喊「打倒」而倒下去。

朦朧詩的精神啓發和藝術思考對第三代詩人的潛在影響，顯然是極其深遠的。朦朧詩的理論家兼代言人徐敬亞曾在一篇題爲《崛起的詩羣──評中國新詩的現代傾向》的長文中，對這一精神啓發和藝術思考有很詳盡，且具革命性的闡述。他首先指出：「中國詩歌的現代傾向，是新詩發展的必然道路」；他認爲這種詩是一代中國青年的腳步，是中國社會遭受巨大扭曲後的「歷史過程的心靈寫照」，從他們的作品中「可以清晰地看到一代人眞實的心靈曲線。」他也認爲：他們的詩中首次出現了「自我」，也開始重視人的價值，突顯人的尊嚴，這正是「詩歌的原始基點，也是詩歌的永恆歸宿。」在藝術層面的反思上，他認爲青年詩人更强調詩的主觀性，審美主體的能動作用，詩人憑藉直覺，以表現多層次，多側面的複雜主題。以上觀點，可說是自朦朧詩以來大陸青年詩人自我主體意識的抬頭，我稱之爲第一度覺醒。這對廿世紀西方現代主義者和六、七十年代台灣現代詩人而言雖是最熟悉的，且於創作實踐中久已拳拳服膺的詩觀，但如春雷般鳴響於八〇年代初期的大陸，無疑地是極具爆炸性的。這篇文章顯然就是大陸新詩現代化運動的宣言，事後縱然遭到保守勢力的猛烈圍剿，卻對日後第三代詩人產生了不可磨滅的啓迪和鼓勵作用。

大陸第三代詩人崛起後，很快就漫延到全國各地，一時羣雄並起，派系林立，一九八六年達到最高峯，但也隨即快速地落潮。同年的十月廿一日至廿四日，深圳的《深圳青年報》（徐敬亞主編）與安徽合肥的《詩歌報》同時分別以大量篇幅刊出「中國詩壇一九八六現代詩羣體大展」。據資料顯示：這一年全大陸共有數萬多自謂的詩人結合在兩千多個詩社下，並出版有非正式發行的自印詩集九〇五種，不定期的地下詩刊七十種，以及非正式發行的鉛印詩刊，詩報廿二種。若干地下詩刊最初僅印十餘份分寄各據點，各據點再以倍數加印分寄各地，如是這份詩刊便以幾何積數散佈全國。一九八六年的這次「大展」匯集了全大陸主要現代詩派的六十餘派，其中聲勢較大，旗幟鮮明者有四川的「非非主義」，「整體主義」，「新傳統主義」，「莽漢主義」，南京的「他們派」，上海的「海上詩羣派」等，但有許多派的命名十分怪異，令人側目，如「莫名其妙派」，「撒嬌派」，「男性獨白派」、「八點鐘詩派」，「越低派」，「咖啡夜派」、「病房意識派」，「裂變詩派」，「三角貓派」，「黃昏主義」等，五花八門，無奇不有。有的十餘人共據一個山頭，有的一人獨自稱霸，也有的一人分跨兩派，以致形成各擧各的旗，各唱各的調，反對這個，擁護那個的極度氾濫而至混亂的局面。事後徐敬亞、孟浪等人彙集各派的宣言和作品，編印了一本厚達五百餘負的《中國現代主義詩羣大觀，1986—1988》出版。

大陸第三代現代詩人最突出的一個性格是絕無妥協地反傳統，與毫無保留地傾向西方現代思潮。據我的觀察，他們所謂的反傳統，與早年台灣現代詩人的反文學傳統有所不同，實際上他們已超越了反叛文學傳統的角色，而形成一種對擧凡舊的意識，制度，規範等一概反之的「泛叛逆」心態，其作風頗似當年法國的達達主義者和早期的超現實主義者。不過，只要了解大陸社會長期的封閉狀態，對他們那種急於突破，因而一時失去平衡的極端趨勢，自不難理解。他們對西方現代哲學和藝術思潮的熱情擁抱，表現得尤爲明顯，不但評論中經常引用現代哲學家如海德格、胡塞爾等的名言，而且作品中到處可見超現實主義的自動語言。頗爲有趣的是，自一九八五年以來，大陸第三代詩大致上分爲兩個觀念與風格迥異的流向，一是以「整體主義」和「新傳統主義」爲代表的「漢詩」傾向，一是以「非非主義」，「他們」爲代表的後現代主義傾向。諷刺的是，前者在詩人普遍反傳統的聲浪中，竟然倡導泛固有文化和漢語的復辟，若干詩人不是向易經的陰陽兩極四象八卦取材，便是在語言上承襲古典詩詞的陳腔爛調。後者則承五四的餘勢，全力奉西方現代主義爲圭臬，與台灣早年紀弦現代派的「橫的移植」主張作三十年後的隔海呼應。他們各派的宣言和理論極盡哲學化之能事，無不高蹈深奧，卻又不夠周延，大多都未能與實際創作配合。但無論如何，他們企圖突破舊有規模，創造新局的實驗精神，仍是值得稱許的。

目前大陸青年詩人之反朦朧詩，據說主要在反意識上的「英雄化」，和表現上的「意象化」，這種傾向多少有點像台灣不甚成功的鄉土詩。一度身爲朦朧詩辯護人的徐敬亞，他在《中國現代主義詩羣大觀》一書的前言中說：「歷史決定了朦朧詩的批判意識和英雄主義傾向。」所謂英雄主義傾向；就是詩人的貴族化。他又指出：「反英雄化是對包括英雄（人造上帝）在內的上帝體系的反動，是現代人自尊自重的平民意識的上升。」因此反英雄化，或強調平民意識，勢必要反詩中精緻而深刻的意象，但問題在於這種反的過程中所引發的「矯枉過正」現象。反英雄化的結果，詩固然有了大衆化的趨勢，卻也產生了附帶而來的繁瑣，平庸，與淺薄。反意象化則勢必泯滅了個人風格而使詩變成嘮叨不休的內心獨白，甚或概念的演繹，無趣的推理。

儘管他們之中有人高舉平民意識的旗幟，但他們的詩仍難見容於奉行社會主義現實文學的領導羣。在大陸扮演反叛角色（僅指文學的）所付出的代價是相當大的，有些人寫詩多年，卻從沒有被官方詩刊採用過，官方詩刊之所以拒絕他們，倒不一定是出於政治因素，更多的是出於一種藝術認知上的保守心態。某些知名度較高的現代詩人經常遭到點名批判，給他們戴的帽子不外乎「脫離現實」，「脫離羣衆」，「嘩衆取寵」，「晦澀怪誕」等，因此他們承受著極其嚴重的挫折感而又無處傾訴。去年（一九九〇）秋天我的大陸之旅，途經福州、成都、重慶、武漢、南京、上海、廣州等城市時，曾甘冒被誤會的風險與各地的第三代詩人有所接觸。從他們的談話中，我發現一種相當普遍的精神狀態而暗自驚心不已，那就是孤獨和絕望。所謂孤獨，顯然是源於他們的作品不被奉現實主義爲正朔的主流人士所肯定，甚至也得不到同情的了解。至於絕望，據他們自己的說法，乃是一種超乎現實，甚至超乎政治的，蓋天舖地而來的絕大無奈與無助，一種形而上的精神迷思。這不一定是受到所謂「資本主義思想自由化」的汙染，卻不能說與西方存在哲學的輸入無關，對六〇年代的台灣現代詩人來說，這種心靈的虛無感倒是可以理解的。不過，作爲一種文學心靈的培養土，這種孤獨與絕望未嘗不可使其轉化爲創作的原動力，當年我們便有過頗爲成功的實驗。

目前大陸的形勢雖仍處於嚴峻的狀態，但現代詩人並非陷於絕對的孤立，因爲現代化所帶動的潛在變化，並不僅限於經濟層面，而已日漸深入文化的素質中，像當年毛澤東「延安文藝座談會上的講話」那種大一統的宰制性的最高指導原則，已不復存在，而多元的，具有人文精神深度的文化與藝術反思，已在年輕一代的大學文學教授和評論家的意識中普遍復甦。例如一九八七年十月北京作協召開的一次「新詩走向研討會」上，便發出了各種不同的聲音，有人認爲「變」是詩歌發展的常態，目前重視對外國詩歌經驗的吸取，對藝術性和哲理性的追求，將來可能發展出另一種偏重。也有人主張各種詩歌自由競爭，相信傳統詩與新潮詩將來可以處於相互競爭的並存狀態。這些觀念都很有利於今後大陸現代詩的發展。

經過一九八九年「六四」事件之後，大陸第三代詩壇又有了明顯的變化，有的顧及現實情況而停筆，大多數都處於蟄伏狀態，一九八六年前後詩壇的喧囂和紛擾現象基本上已告平息。以四川爲例，非非主義，莽漢主義，整體主義等詩派都已偃旗息鼓，接近解體，近一年多來他們已由羣體活動過渡到個別詩人獨立思考，審愼創作的潛沉階段，相信他們未來的再出發勢將有更爲成熟與深化的表現。然而，我對他們的期許尚不止於此，我衷心企盼他們在經歷一次自我主體性的自覺之後，繼而追求第二度的覺醒。換言之，他們能以超越的胸襟去化解諸如現代與傳統，西化與民族性，現實主義與前衛觀念，大我關懷與小我價值等一切相互矛盾而又相互依存的迷惘糾結，而後回到中國人文精神的本位上來，使創作理念提升到美學與哲學並置的高度，創造出融合東方智慧與現代知性，表現廿一世紀大中國心靈的現代詩。

一九九一・五・廿

後記：

大陸第三代詩人的作品，台灣讀者接觸到的恐怕不多，「創世紀」詩刊曾推出一項「大陸第三代現代詩人作品展」，分別刊發於第八十二期（一九九一年一月）與第八十三期（一九九一年四月），共介紹了當前大陸新生代詩人三十位的數十首詩，請讀者參閱。

中共「中國作家協會」介紹

◉黃文雷 政戰學校政研所碩士

一、組織結構
二、組織人事
三、專業體制分級
四、稿酬制度

中共的社會最明顯的特徵是「單位」，每個人都有隸屬的單位。文學界中亦不例外，是文學創作的屬於「中國作家協會」，是戲劇表演的屬於「中國戲劇家協會」，是相聲藝術的屬於「中國曲藝家協會」，統合這些單位的還有一個「中國文學藝術界聯合會」（簡稱「文聯」）。於是從「文聯」至以下的分支單位，所形成的組織系統，就構成了文藝界的體系。而中共就運用了這個組織體系，達到了控制文藝的最終目的。以下僅就文學創作的「中國作家協會」（以下簡稱「作協」）之體制作一介紹：

一、組織結構

㈠「作協」的上屬組織是「文聯」，同級的組織包括戲劇、音樂、舞蹈、電影、美術、曲藝、民間文藝、攝影、書法、雜技、電視等十二個單位。

㈡「作協」的下屬是各個地區分會，包括二二個省、三個直轄市、五個自治區，均有「分會」的設置。

㈢「作協」的領導機關，是由會員代表大會選舉所產生的「主席團」與「理事會」。

㈣「作協」的行政機關，是由書記處所領導的各個工作委員會所組成，目前共有七個工作委員會：

1. 創作委員會：（內分五個組：小說、詩歌、報告文學、散文雜文、兒童文學）
2. 作家權益保障和生活福利委員會。
3. 理論批評委員會。
4. 中外文學交流委員會。

5.軍事文學委員會。
6.少數民族委員會。
7.文學期刊工作委員會。

二、組織人事

「作協」組織基本上區分爲幹部與工作者兩部分。幹部又可以分成領導幹部與行政幹部兩類。工作者也可分成專業工作者與業餘工作者兩類。以下略述之。

(一)領導幹部：「作協」的主席、副主席、理事等，均由會員代表大會選舉產生，有章程所賦予的領導權力，享有中共給予的優厚待遇，對於組織方針與政策僅能遵照中共的規定而行，實質上自主權並不大。

(二)行政幹部：負責組織行政工作。職務的賦予不是選舉產生，而是中共的派遣。如「作協」的書記處，就是中共黨組所在之處，所以中共政策的執行就賴於行政工作的推展與執行。

(三)專業作家：「專業」可說是職業的同義詞，是組織成立以來所實行的文學創作制度。組織之中設立了一定的編制，給予固定的薪資、創作津貼、公費醫療、公家住宅等，目的在使文學創作成爲社會主義的職業作家，沒有後顧之憂。

(四)業餘作家：除去上述的專業作家之外，有意於文學創作的，皆可以成爲業餘作家，成爲組織的一員，可以參加組織活動、徵文、甚至於創作發表。

三、專業體制分級

鄧小平時期，經改是最大的特色，文藝體制中呼籲改革之聲不斷。許多試點工作紛紛進行，著名的有「招聘制」、「合同制」、「雙軌運行制」等。最主要是在調動文藝工作者工作積極性，繁榮社會主義文藝，打破「終身制」、「大鍋飯」的制度與觀念。

一九八八年，「作協」將改革以來，所實行文藝體制改革試點的經驗，加以總結整理，提出了第一階段的改革計畫，針對文學專業制度提出了修定。重要內容如下：

㈠文學專業創作人員區分爲四級：文學創作一級，文學創作二級，文學創作三級，文學創作四級。

㈡任職條件：

1.一般條件：必須熱愛祖國，努力學習馬列主義、毛澤東思想，堅持四項基本原則，堅持爲人民服務爲社會主義服務的方向，深入生活，鑽研業務，努力創作。

2.各等級任職的基本條件：

⑴文學創作四級：從在省級以上報刊發表第一篇作品算起，從事文學創作三年以上，具有一定的思想水平、文學素養和比較豐富的生活累積，並有初步的創作成績。

⑵文學創作三級：從事文學創作六年以上，具有較高的思想、文化修養和概括生活的能力，創作技巧比較熟練，發表或出版過質量較高的文學著作，在本省、區讀者中有一定影響。

⑶文學創作二級：從事文學創作十二年以上，以大體具備一個成熟作家的思想、藝術素質，創作上又有顯著成績，並開始形成自己風格，在全國範圍內有一定的影響。

(4)文學創作一級：從事文學創作二十年以上，具有較高的思想水平、廣博的學識和豐富的創作經驗，已形成自己的藝術風格，創作成就卓著，在全國有廣泛的影響，熱心扶植文學新人，對文藝事業有較大的貢獻。

㈢評審與聘任：

1.經評審委員會評定合格的人員，由所屬創作機構或作協、作協分會的行政領導在編制限額之內聘任。

2.在簽發聘書之前行政領導應與受聘者簽定聘約，聘約應規定聘期，明確崗位責任，寫明受聘者在聘期內的創作計畫，深入生活計畫，以及解聘、辭聘等事項的手續。

3.受聘者每一任期一般爲三年。在受聘期間領取職務（等級）工資，享受規定的待遇。對符合條件者可以連聘連任。對有突出成績或特殊貢獻者，可以在任職期間破格進級。在聘期內能完成任務的，可以解聘。

四、稿酬制度

稿酬制度只是文學體制中的配套體制，對於文學創作有其特殊意義。作協的組織中，不論幹部或是專業工作者，都有工資可以維生，稿酬並不重要，但是業餘文學創作者只能靠稿酬收入獲得補償。

中共採行的稿酬制度，是以字數、定級、定額、印刷遞減律來計算。所謂字數，是論字的多寡，不論其內容。所謂定級，是區分類別，通常區分著作與翻譯兩類，各有不同計算標準。所謂定額，是規定一次印刷以多少數量爲一個定額，一個定額是多少，兩個定額就是二倍稿酬。所謂遞減率，是爲了不要讓作家賺太多，乃規定超過多少個定額後，出版社付酬就要打折扣，定額越多折扣越大。

〈綜合討論〉

面對大陸作家，坦誠熱情寬容

趙淑敏：

我最近發現大陸書款節節上升，例如今年五月我由華南銀行結匯三百多塊美金，只買到七本書，有一本書竟高達六百五十元人民幣，故以書信來買書，有時是無法自己控制的，愛書人要多斟酌。另外，聽焦桐談到與大陸作家接觸的經驗，好像都是可愛的，但根據我三赴大陸的經驗，發現並不完全可愛，有的一開口就說社會主義的優越性。當然，也有一些老作家眞的可愛，譬如我二月間去找端木蕻良，大家都知道他很孤僻，於是我便想了一個法子去敲開他的心門。我知道「嘉陵江上」這首歌詞是他早年寫的，於是我準備了一台小型的收錄音機要送給他，裡面放了這首歌的錄音帶，我去找他時說，您年紀大了，有時不方便寫字，可以把想說的先錄下來。然後，我請他試聽一下效果如何，他一按下按鍵，聽到這首歌，立即就說，這卷帶子我要！於是我知道，他的門打開了。對這些人，只要能觸及他內心深處，就會對你非常坦誠、熱情。

袁睽九（中國廣播公司顧問，專欄作家）：

非常湊巧的，去年今天，我在上海錦江飯店和白樺、王安憶等人聚餐，聊得十分愉快，尤其是與白樺，可說是一見如故。他對我說，西德有一華文團體請他去演講，他不能去，但又不敢寫信，怕會被查扣，遂從桌下遞給我一封信，請我帶到香港、台灣後替他付郵，我在香港就寄出，不久收到西德方面的回信，表示完全能理解他的處境。

張力：

我簡單地對黃文雷先生的文章做一資料性的補充。我記得一九八三年時，有一大陸留學生梁衡（寫過「革命之子」）自哥倫比亞大學東亞研究所畢業時寫的碩士論文，即是關於大陸的作家組織與制度，這篇論文目前應藏在哥大東亞圖書館內，不妨可以參考。

賈亦棣（作家）：

我去大陸的上海、北京兩個多月，最近剛回來，我覺得大陸文學中最重要的一部分，下次研討會中要加入，就是戲劇。戲劇是文學中佔重要地位的一環，共產黨曾利用它達到文宣的效果，希望下次能有人提出大陸戲劇方面的資料、訊息。

貢敏（作家）：

我有一點感想、一點建議。感想是有關於赴大陸尋書、訪友方面，我覺得，在大陸有限的行程之下，我們事先一定要有先期作業，否則很多事情都辦不好。我也有與趙淑敏女士類似的經驗，在此提出來供大家參考。我於一九八八年赴南京訪問大陸著名的老劇作家陳白塵，他在年輕時思想極爲左傾，爲共產黨效命了大半輩子，但在文革以後，我可以大膽地說，他在心裡已揚棄了共產黨。因爲很冒昧地去訪問，所以他起初很冷淡，但逐漸地將我讀他的劇本的感覺告訴他，如「結婚進行曲」等，並且談到他年輕時寫的一些監獄鬥爭的小說，他才知道我們對他的認識很深入。於是他送我書，請我到他的書房參觀。

因此，我建議大家先期作業一定要做好。另外，如果各位要買戲劇方面的書，很多書房也是買不到，但是只要你到北京的「中國戲劇出版社」、「中央戲劇學院」以及上海的「上海戲劇學院」，就可以一網打盡，買回上千本戲劇方面的書籍。

齊邦媛：

剛才聽到各位說大陸作家在台灣發表作品的問題，似乎都主張應多協助他們的作品在台灣發表。今天兩大報的負責人瘂弦、焦桐先生都在場，請問發表了大陸作品後的反應如何？尤其是台灣讀者的反應如何？

焦桐：

我工作的現場，每天都收到很多大陸作家的作品，我也希望能多予刊登，雖然我沒有做過精密的統計調查，但從很多朋友口中得知，或讀者打電話來，問我們副刊到底是編給台灣讀者，還是大陸讀者看的？我們的確有此困擾，但也相當節制。

瘂弦：

我們「聯合副刊」也是每天收到很多稿件，刊登的也很多，甚至使一些本土作家產生了文學生態問題。陸委會文教處龔鵬程處長今天也在座，建議他編一本大型刊物，有稿費，大量容納大陸作家的作品。

郭嗣汾（作家、中國文藝協會理事長）：

我也去過幾次大陸，尤其是「六四」以後去，印象特別深刻，我去拜訪的都是抗戰時期或結束後認識的一些作家，算是老朋友，大家見面聊天毫無禁忌。我們都知道，「六四」以後，中共進行黨內「清查」，黨外的一般人民則說是「清算」，大陸作家十之八九都是共產黨員，也都逃不了「清查」的階段，所以那一陣子，有很多作家都稱病住院去了。

（張堂錡記錄整理）

閉幕式

我們應該思考：

在目前海峽兩岸總體的文化環境中，

文學家、學術界人士、文化人要面對何種社會、

面對中國怎麼樣的未來。

透過這樣的研討會，

希望大家共同對文學展開更縝密的思維、

更寬闊的探索！

主席致詞

演奏會的槍聲，嘹亮刺耳恐怖

◉陳長房　政治大學西語研究所教授

今天聆聽了諸位先生的報告與引言後，覺得是一十分珍貴、富啓迪的教育經驗。我記得法國小說「紅與黑」的作者史丹達爾曾說過：政治在文學作品中，就像是在演奏會中傳出的槍聲，嘹亮、刺耳，且不得不引人注意。我認爲這是很精闢的見解，但願他能說得更詳細一點，到底演奏會是如何被槍聲打斷？子彈射出後，到底對演奏會產生什麼影響？中斷的騷動又如何？中止演奏的一刻是換來喝采還是厭惡？史丹達爾對此並未多所說明，但我們在閱讀當代大陸文學作品時，探討文學作品如何被各種主導思想所塑造、渲染，甚至於探討政治、意識型態如何闖入、干擾文學想像等，我想史丹達爾這句話，這槍聲，的確可以驚醒我們省思的空間。特別是在專制的體制下，文學想像該如何醞釀成形。我這些想法是看了周玉山先生的論文後所產生的。

張子樟先生的論文特別談論「殘酷」這一主題，令我想起一位論評家說過，眞正的悲劇，常常是正義的理念逐步朝向摧毀更高價值的路上而走。我想，在討論當前大陸文學作品最大的感觸，是這些作品中所揭示人性醜惡的問題，讓人心生恐懼與憐憫。陳信元的論文則特別提到當前大陸散文是在一不定型的狀態下發展。呂正惠的論文則是以作品本身所凸顯的女性特質爲討論重點，如果不是知道討論的是王安憶，單從這些作品本身，我們不易知道是來自專制體制國家的作家。我總覺得，似乎可以放入更寬廣的文化視野中來討論這些作品。

如果前面幾篇論文是精細調配的菜，那麼黃德偉教授的論文則是大塊肉式的呈現給讀者，以甲、乙、丙三種觀點來說明大陸文學的變貌，對讀者是一大挑戰。以上是我個人對這五篇論文的一些看法，由於對大陸現代文學涉獵不深，這次的研討會對我是一很好的教育機會。

貴賓致詞

縝密思考文學，總體反省文化

◉龔鵬程 行政院陸委會文教處處長

今天研討會所涵蓋的問題，是從大陸新時期的文學一直到當前大陸「六四」之後的文學變貌，這些討論，我覺得深具意義，因爲它讓我們瞭解了大陸目前的現況、表現了我們對大陸處境的關懷，並且反省了當前中國人所面臨的總體文化問題。

「六四」之後，因爲政治的强力壓制，使得過去的文學走向似乎走不下去了，或者說對於能否繼續走下去，不能不使人抱有高度的疑慮，然而，就目前我們的觀察，政治力量恐怕不能完全控制文學發展，原因是，過去十幾年來，文學、藝術創作的自主性已然培養成形；第二、意識型態的控制已遭受强烈的質疑，在此情況下，想重新再實施以前的政治壓制是比較困難的；第三、目前政治上的封鎖，並不能完全封死作家的筆，作家發表的管道也已不能封閉，許多流亡作家在海外創作，加上台、港許多媒體的提供園地，政治上要再施行封鎖已很困難。

齊教授提到台灣刊登大陸作品，對我們的文學生態是否會產生極大影響？這要看從那一個層面來說。如以作家發表作品、作家得獎這方面而言，當然會形成强烈的挑戰，很多發表園地被佔據了。但從另一角度看，大陸長期以來碰到的許多問題，可能不只是大陸社會的問題，而更可以是文學上本來的問題，例如政府培養專業作家的制度好不好？文學做爲政治反省的工具，其主要方向如果與政治產生高度的糾纏，這樣的發展好不好？這本來即是文學發展本身的問題。台灣與大陸在這方面正可以做一有意義的對照，可以幫助我們更豐富的思考，在目前海峽兩岸總體的文化環境中，我們的文學家、文學工作者、學術界人士、文化人，到底要面對何種社會、面對中國怎樣的未來，透過這樣的研討會，相信可以局部地達成這方面的目的。希望大家都能共同來對文學展開更縝密的思維、更寬闊的探索！

（張堂錡記錄整理）

文訊叢刊㉑

苦難與超越

當前大陸文學二輯

編輯指導／封德屏
美術指導／劉　開
責任編輯／王燕玲
校　　對／孫小燕・黃淑貞
內頁完稿／詹淑美

發 行 人／蔣　震
出 版 者／文訊雜誌社
編 輯 部／臺北市復興南路一段 127 號三樓
電　　話／(02)7711171・7412364
傳　　眞／(02)7529186

總 經 銷／聯經出版事業公司
地　　址／臺北縣汐止鎮大同路一段 367 號三樓
電　　話／(02)6422629 代表線
印　　刷／裕臺公司中華印刷廠
臺北縣新店市大坪林寶强路六號
電腦排版／浩瀚電腦排版股份有限公司
電　　話／(02)7771194
地　　址／台北市忠孝東路三段 257 號 5F

定價 200 元(如有缺頁、破損請寄回本社調換)
郵撥帳號第 12106756 號文訊雜誌社

中華民國八十年十二月二十五日初版
行政院新聞局局版台誌第 6584 號

近代學人風範

中國近代史上，救亡圖存的重責大任大多落在先進知識分子身上，他們在中國文化的檢討、西方思潮的引進、新制度的探討以及國體的論辯上，貢獻良多。如今，國家發展又面臨另一個關鍵時刻，知識報國，不但是知識分子的責任，也是社會大衆的殷切期許。如果典型已在夙昔，在風簷展書讀之際，是否可以找出一些典範以爲借鏡，進而尋思我輩在當前的情勢中一些可行之道。

《近代學人風範》系列

第一輯：知識分子的良心（連橫・嚴復・張季鸞）	定價200元
第二輯：憂患中的心聲（吳稚暉・蔡元培・胡適）	定價200元
第三輯：但開風氣不爲師（梁啓超・張道藩・張知本）	定價200元
第四輯：理想人生的追尋（于右任・蔣夢麟・王雲五）	定價200元

★全套四本定價800元・特價700元・附精美盒套・現書供應。

文訊雜誌社

地址：台北市復興南路一段127號3D

電話：(02)741-2364・771-1171

劃撥：12106756文訊雜誌社